長編小説

いつわりの人妻

草凪 優

竹書房文庫

目次

※この作品は竹書房文庫のために
書き下ろされたものです。

第一章　奈落への招待

1

庄司靖彦《しょうじやすひこ》は、隅田川沿いの遊歩道を歩いている。

あてもなく、ずいぶん長い間歩いているので、足が棒になってしまったようだ。九月の終わりとはいえ、まだ残暑が厳しい。体力が奪われ、汗みどろの体が気持ち悪い。目の前には銀色に輝く東京スカイツリーがそびえ立っていた。浅草の街も近いのだろう。好きな街だった。最後に訪れたのはいつだろうか。二、三年前、デートで老舗《しにせ》のすき焼きを食べにきた記憶がある。

すき焼き……。

甘く香ばしいその匂いを思いだすと、腹が鳴った。グウウ、ゴロゴロ、キュルキュル、と滅多に聞くことができない、けたたましく長い音だった。

この三日間、ほぼ水しか口に入れていないから、それも当然だろう。ポケットに入っている金は、一円玉と五円玉だけ。これでは、すき焼きはおろか菓子パンひとつ買うことができない。

歩き疲れて、薄汚れたベンチに腰をおろした。魂《たましい》までも口からもれだしていくような深い溜息をつき、もう一歩も動きたくなくなった。

いよいよ覚悟を決めなければならないらしい。

この数週間で、庄司はすべてを失った。

仕事も金も、最愛の妻も……。

なにもかも自分が悪いとわかっている。不徳の致すところとしか言いようがなく、死んで詫《わ》びるしかないという結論はとっくに出ていた。

誰に詫びるのだろうか？

まず妻だ。

それは間違いない。

すでに離婚届を提出しているから、正確には元妻ということになる。

一年にも満たない結婚生活で、今年の十一月には挙式を行う予定だったのに、それもキャンセルして唐突な離婚——不徳の致すところなどという生ぬるい言葉ではとても詫びることができないほど、深い罪を背負ってしまった。

「……ふうっ」

庄司はベンチから立ちあがり、棒のようになった足を引きずるようにして歩きだした。歩く気力も体力も一ミリも残されていなかったが、罪人に休息は許されない。こうなった以上、行き倒れになるまで歩きつづけて、野垂《のた》れ死にすることこそが自分に相応《ふさわ》しい末路だろう。

2

庄司は三十五歳。

つい最近まで、小さいながらも会社を経営していた。業務内容はＩＴ関連。もともとはフリーのプログラマーだったのだが、ひとりでこなしきれないほど仕事があったので会社組織にした。

その会社が傾きかけるまで、比較的穏やかな人生を歩んできたと言っていい。運にも恵まれていたのだろう。それなりの努力はしていたものの、死に物狂いでなにかに打ちこんだということがなく、受験も就職も余裕をもってくぐり抜け、新卒で入社したＩＴ企業は右肩上がりの景気のよさで、二十七歳の若さにして独立を勧められた。その企業から仕事を貰える約束だったので、たいした覚悟もなく独立したら、収入が倍増したので驚いた。

人に使われているより、ひとりで気ままにやっているほうが性《しょう》に合っていたらしい。人付き合いなどのよけいなストレスがないぶん、作業そのものの効率が飛躍的にあがった。必然的に発注が増え、スタッフを増やしていった。最大で十名ほどだったけれど、残念ながら庄司は人を使う才能に恵まれていなかった。続発する社員間のトラブルに辟易《へきえき》し、こんなことならひとりでやっていたほうがよほどましだったと、何度となくほぞをかんだ。

とはいえ、社長という肩書きには威光がある。

とくに女に対して効力を発揮する。

吹けば飛ぶような会社でも、経営者は経営者なのだ。社長という肩書きを手に入れた途端、急にモテるようになった。それまでがとにかくモテなかったので、人並み程度になったくらいだと思うが、合コンの席でも、キャバクラなどに遊びにいっても、女たちの食いつきが呆《あき》れるくらいよくなった。

のちに結婚する舞香《まいか》と知りあったのは、会社がもっとも絶好調だった三年前のことだ。友達の友達が主宰する、異業種交流会と合コンの中間のような宴席だった。

舞香は二十三歳で、中堅どころの食品メーカーで受付嬢をしていた。派遣なので給料はイマイチだったらしいけれど、なにしろ企業の顔とも言える受付嬢をしているくらいだから、それはそれは可憐《かれん》な容姿をしていた。ふりふりの衣装を着せれば、ＡＫＢ48のメンバーに混じっても違和感がないだろうと思った。

「わたし、サラリーマンの人にはあんまり惹《ひ》かれないんです」

舞香が小声でささやいてきた。何度かの席替えを経て隣の席になり、庄司が会社を経営していると自己紹介したあとのことだ。そのとき参加していた他の男性陣は、サラリーマンばかりだった。

「だって、上司の顔色ばっかりうかがってる感じがするでしょう？　それよりも、たとえ小さくても一国一城のお殿様のほうがいい。男の人には、自分のお城をもってほしい……ごめんなさい、庄司さんの会社が小さいって言ってるわけじゃないですよ」

容姿は可憐でも、初対面から芯の強さを感じさせる女だった。小柄で可愛い顔立ちをしているくせに、表情には凜々《りり》しさがあった。

「たしかにね、僕も以前はサラリーマンだったけど、仕事そのものより組織の調整のほうが難しかったりするからね、勤め人の場合」

「大きい会社ほどそんな感じがしますよね。実際にどんな仕事しているのかよくわからない感じで……わたし、ああいうのとっても苦手」

「しかし、小さな会社の社長夫人なんてなったら、奥さんは大変だよ。いつ会社が傾くかわからないんだから」

庄司が自嘲気味に笑うと、

「大丈夫です」

舞香は真顔で答えた。

「外で頑張ってる旦那さんを支えるのが女の仕事だし、女の幸せだと思いますから」

「ほう、内助の功ってわけだ」

「わたし、こう見えて九州女子なんです。生まれも育ちも、火の国・熊本」

それ以来、庄司は舞香とデートを重ねることになった。

初対面で結婚を意識した女は初めてだった。庄司は当時三十二歳で、そろそろ所帯をもつことについて真剣に考えなければならないと思っていたところだった。仕事が堅調ないまこそ、身を固めるのに絶好のタイミングだと……。

舞香は魅力的な女で、いつも週末のデートが待ちきれなかった。よほど気が合うのか、初対面から会話がはずんでいたし、舞香はいつだってキュートな格好でやってきてくれるから、眼の保養にもなった。

しかし、ひと月が過ぎても一線を越える決断がなかなかつかなかった。

なにしろ九歳年下だった。年の差婚が流行《はや》りの昨今では珍しくもないとはいえ、やはり慎重になる。いままで付き合った女で、そこまで年下の女はいない。

それに、庄司は庄司なりに、舞香との関係を真剣に考えていた。結婚を前提にした付き合いをしたいと思っていたからこそ、軽い調子ではベッドに誘えなかったのである。

すると……。

驚いたことに、舞香のほうからアクションを起こしてきた。

ある週末のことだ。

腹を満たし、ほろ酔い気分でイタリアンバルを出た午後十時、街の喧騒はいよいよピークに達しようとしていた。それを尻目に庄司が駅に向かって歩きだすと、袖《そで》をつかまれた。

「まだ帰りたくないです」

「えっ？　ああ……」

庄司は困惑の苦笑を浮かべた。終電にはまだだいぶ早いけれど、いつもこの時間には帰していたからだ。

「飲み足りないの？」

舞香は黙っている。

「もう一軒くらいなら、付き合ってもいいけど……」

舞香はうなずくと、

「わたしの好きなお店でいいですか？」

恥ずかしげにうつむいて言った。長い睫毛《まつげ》がフルフルと震えていたことをよく覚えている。

「いいけど……」

連れていかれたのは、ラブホテル街だった。路地裏の薄暗い空間に、ポツリ、ポツリ、と原色のネオンが灯っていた。

「いや、あの……」

庄司の困惑は深まっていくばかりだった。

「こういうところは……まだ早いんじゃ……」

舞香が上目遣《うわめづか》いで睨《にら》んでくる。無言でも、言いたいことは伝わってきた。べつに早くはない。もうデートを重ねて一カ月をすぎているではないか……。

たしかにその通りだった。

しかし、庄司にしても、ただ漠然と一カ月を過ごしていたわけではない。こちらだっていろいろと考えているのだ。結婚を前提とする女と初めてセックスするなら、酔った勢いで窓のないラブホテルのようなところではないほうがいい。いつまでも美しい思い出になるよう、窓から海が見えるリゾートホテルのようなところがいいのではないかと……。

とはいえ、いろいろ考えるあまり、行動に出るのが遅れていることも事実だった。リゾートホテルに行くということは、旅行に行くということであり、最低でも三、四日の休みが必要だろう。しかし、いまは会社を休めるような状況ではない。いつになったらまとまった休みが取れるのか、予定すら立てられない。

ならばせめて、タクシーで行ける高級ホテルにしたらどうかと思った。リッツカールトンとかマンダリンオリエンタルとか、名前だけは知っているがどこにあるのかもよくわからないおしゃれな外資系ホテルだ。かなり高額な宿泊料を請求されそうだが、旅行に行くことを考えれば……。

「入りましょう」

舞香が袖を引いてくる。

「いや……だったら、別のところに行こう。もうちょっとましなところに……」

「いいから！」

引きずられるようにして、ラブホテルに入った。誤解なきように断っておくが、その振る舞いはイレギュラーなものだった。普段の舞香は大胆でも強気でもなく、容姿そのままに可愛らしく、はにかみ屋なのである。

窓のない淫靡《いんび》な密室でふたりきりになると、彼女は元の彼女に戻った。紫色に発光している大人のオモチャの自動販売機を見てハッと我に返ると、大変なことをしてしまったという表情でおろおろし、ベッドに座りこんで真っ赤になった顔を両手で覆った。

庄司の胸は熱くなった。

彼女はなにも、欲求不満を解消したくてベッドに誘ってきたわけではないのだ。そうではなく、愛しあっているという確証が欲しいだけなのである。あるいは、いつまで経っても手を出してこない年上の男に苛立《いらだ》っていたのかもしれないけれど、それだって愛あればこそだろう。

愛……。

九歳年下の彼女が健気《けなげ》にも勇気を振りしぼってそれを示そうとしているなら、正面から受けとめてやらなければ男がすたる。

「なあ……」

庄司は舞香の隣に腰をおろした。

「俺はその……キミのこと大事にしたいと思ってるよ……結婚を……考えているから

だ……遊びで付き合いたいわけじゃないから……」

大人のオモチャの自動販売機が置かれた部屋で言うべき台詞《せりふ》ではなかったが、もはやかまっていられなかった。

舞香が顔をあげて見つめてくる。

「結婚を前提に、付き合ってもらえないか？」

つぶらな瞳が涙に潤《うる》んだ。

「ダメかい？」

舞香は髪を振り乱して首を振りながら、庄司に抱きついてきた。

3

庄司の人生にハイライトがあったとすれば、おそらくあのときをおいて他にはない。

三十歳の少し手前で経営者になって以来、それなりに女と付き合ってきた。自慢するほどのことではないが、華《はな》やかな容姿のキャバクラ嬢とワンナイトスタンドを楽しんだことだってある。

だが、いつもどこかしっくりこなかった。

舞香が初めてだった。

愛情と欲情が高いレベルで拮抗《きっこう》し、愛《いと》しさといやらしさを同時に感じながらセックスをしたのは、あのときが……。

薄暗い路地裏にある、淫靡なムード満点のラブホテルだった。

告白することができて、とりあえず安堵《あんど》していた。体を重ねるのなら、後日あらためて気の利いた場所を用意したほうがいいと思った。告白する直前は、完全にそのつもりだった。こんな場所でセックスをして燃えるのは、やりたい気持ちを抑えきれない盛《さか》りのついた若いカップルか、饐《す》えた匂いにしか興奮しなくなった熟年夫婦くらいだろう。

しかし、舞香に抱きつかれた瞬間、いままで抑えていた感情が一気にあふれだしてきた。デートで酒を飲んでもだらしなく酔うことを厳に慎み、毎回終電よりずっと早い時間には帰していたのは、なにも彼女に対して淫らな気持ちを抱いていなかったからではない。

逆だ。

舞香は可愛い。愛くるしいと言っても過言ではないほどなのに、とびきりエッチな存在でもあった。いつだってきわどい丈《たけ》のミニスカートを穿《は》き、踵《かかと》の高い靴を履いていた。セクシーだった。童顔にもかかわらず、丸々と実ったバストとヒップの張りつめ具合が尋常ではなく、横眼で見るだけで悩殺された。

その舞香が抱きついてきたのだ。

キスをせずにはいられなかった。

唇を重ねれば舌をからめあい、体をまさぐらずにはいられなかった。

一分もかからず庄司の理性は崩壊し、気がつけば舞香の可愛らしい舌を吸いたてながら、乳房を揉《も》みしだいていた。まだ服の上からなのに、たまらない弾力が伝わってきた。

それなりに女性経験を積んできたとはいえ、庄司は九歳も年下の女とベッドインしたことがなかった。せいぜい三、四歳年下だ。服を脱がすと、二十三歳の若さに圧倒された。ピチピチしていた。そうとしか表現できない初々《ういうい》しくも生命力あふれる雰囲気が、清潔な白い素肌からたちのぼってきた。

ランジェリーはローズピンクだった。

勝負下着なのだろう、豪華なレースにデコレートされていたが、庄司はデザインよりカップの大きさに眼を見張った。ブラジャーのホックをはずすと、たわわに実った白い肉房がこぼれ、

「やんっ！」

舞香は頬を赤く染めて羞《は》じらった。

やはり、ラブホテルに年上の男を引きずりこんだ大胆な行動は、突発的なものだったらしい。いつもいつもそんなことをしているわけではなく、本当は羞じらい深いタイプなのだ。

そんなことを考えつつも、庄司の視線は剝《む》きだしの乳房に釘づけだった。息を呑み、熱い視線で舐《な》めるように眺めまわしていた。

呆れるほどの大きさだった。ゆうにFカップはありそうで、もしかするとGやHの可能性もある。おまけにひときわ肌が白い。ミルクのような色をして、湯玉をはじきそうな見るからに若々しい張りがある。

裾野からそっとすくいあげた。

ずっしり重い量感に唸《うな》りつつ、やわやわと揉みしだいた。見かけ倒しではなく、

みっちりと肉がつまっていた。

これほどの巨乳と対峙したのは初めてかもしれない。いや、初めてに決まっている。庄司は舞香に横から身を寄せていたのだが、本格的に揉みしだくため、馬乗りになった。両手で双乳をすくいあげ、情熱的に指を食いこませた。

「ああっ、いやっ……あああっ……」

舞香は顔をそむけつつも、みるみる呼吸がはずんでいった。隆起の頂《いただき》にある乳首も、まだ触っていないにもかかわらず突起してくる。

色白なせいだろう。乳首も乳暈《にゅううん》も、ともすれば地肌に溶けこんでしまいそうな淡い桜色で、そこが性感帯だとは思えないほど清らかだった。

けれどもやはり、そこは官能のスイッチボタンらしい。庄司は乳房の裾野から頂点に向かって舌を這《は》わせていった。触れそうで触れないぎりぎりのところまで舐めあげていくと、乳首は物欲しげに尖《とが》っていった。いやらしいほどツンツンになって、淫らな愛撫を乞《こ》うてきた。

「ああんっ！」

舌先が乳首に到達すると、舞香は身をよじって声をあげた。かなり敏感なようだった。舌先でやさしく舐め転がしているだけで、可憐な顔が生々しいピンク色に染まりきり、口に含んで吸いたてると、耳や首筋まで紅潮していった。

「き、気持ちいい……」

恥ずかしそうに長い睫毛を震わせながら、舞香は言った。

「なんだか……胸だけで……イッちゃいそうっ……」

「えっ？」

庄司は思わず愛撫の手をとめて訊ねた。

「そんなことってあるのかい？」

舞香の表情は固まり、眼が泳いだ。

「意地悪っ！」

赤く染まった顔をそむけて、肩を叩いてきた。

なるほど。

いささか大げさに言っただけらしい。さすがに乳首への愛撫だけでイクことはないのだろうが、それほど感じているということだ。

男にとっては最大の賛辞である。ならばと、庄司は執拗《しつよう》に乳首を責めた。左右を代わるがわる吸いたてては、指先でいじりまわした。唾液をたっぷりまとわせた状態でつまみあげ、爪を使ってくすぐりたて、そうしつつ時に乳房に指を食いこませ、揉みくちゃにしてやる。

「ああっ、いやあっ……いやいやいやあああっ……」

絶頂までは至らなくても、やはり相当に感じるらしい。愛撫を続けるほどに、舞香は手放しでよがりはじめた。

垂涎《すいぜん》の光景だった。年若い彼女が、まさかここまで乱れるとは思っていなかった。生来の好き者なのか、あるいは愛あればこそなのか、そのときはまだ判断できなかったけれど、庄司は興奮しきっていた。虫も殺さないような可愛い顔をしているくせに、内には激しいものを秘めている。羞じらいつつも、肉の悦《よろこ》びに抗《あらが》いきれない。これもまた、九州女子の特徴なのだろうか。火の国・熊本生まれのなせるわざなのか……。

庄司は馬乗りのまま後退《あとずさ》った。ローズピンクのショーツに手をかけ、大きく息を呑んだ。ハイレグ気味のそれが股間にぴっちりと食いこんでいる光景が、身震いを誘うほどいやらしかった。

いつまでも眺めていたいと思ったが、脱がさないわけにいかない。

あれほど乱れていた舞香がどれだけ濡らしているのか、確かめずにいられるわけがない。

ショーツをずりおろすと、黒いものが眼に飛びこんできた。恥毛であるが、予想外に黒々とした剛毛だった。手入れがまったくされていない野生じみた密林で、茂っている面積もかなり広い。見事な生えっぷりと言う他ない。

庄司は剛毛が苦手だった。

だがそれも、持ち主のキャラによる。可愛らしい舞香に、剛毛は似合わない。だからこそ、そのギャップが途轍《とてつ》もなくいやらしく、口の中に唾液があふれてくる。

両脚をM字に割りひろげると、海の匂いがした。男の性器はイカくさいが、女のそれは磯くさい。剛毛のせいか、舞香の匂いはかなり濃厚そうだ。

鼓動が乱れきっていくのを感じながら、唇を近づけていくと、

「待ってください！」

舞香が泣きそうな顔で肩を押さえてきた。

「わたし……それが……とっても苦手で……」

「そ、そうか……」

庄司は平静を取り繕《つくろ》ってうなずいた。オーラルセックスが苦手な女は少なくない。黒い密林の中がどうなっているのか眺めてみたくてしようがなかったが、苦手な行為を押しつけても気まずくなるだけだろう。

「もう……大丈夫ですから……」

舞香が眼を伏せて言い、

「んっ？」

庄司は首をかしげそうになった。一瞬意味がわからなかったが、挿入しても大丈夫ということらしい。つまり、クンニリングスだけではなく、股間への愛撫は必要ないというわけだ。

三十路《みそじ》を過ぎていた庄司は、セックスが人それぞれということを知っていた。それにしても、いちばん愛撫が必要なところへの愛撫を拒むとは不可解である。もちろん、不可解であっても受け入れざるを得ない。

なにしろ、庄司も興奮していた。勃起しきった男根が、ブリーフとズボンを突き破って顔を出しそうだった。いきなり入れてほしいと言うなら、それに従うまでである。

素早く服を脱いだ。ブリーフまで一気に脚から抜くと、いきり勃《た》った男根が唸りをあげて反《そ》り返り、湿った音をたてて下腹を叩いた。

舞香は真っ赤に染まった顔を両手で覆っている。庄司は彼女の両脚をあらためてM字に割りひろげると、黒々とした密林に隠れた部分に、勃起しきった男根の切っ先をあてがった。ヌルリとした感触に身震いしつつ、入口を探した。男根の根元をつかんで、割れ目をなぞっていく。

「ううう……」

舞香が指の間から眼をのぞかせる。視線と視線がぶつかりあう。庄司は亀頭で割れ目をなぞりながら、狙いを定めていく。

「いくよ……」

庄司の言葉に、舞香がうなずく。腰を前に送りだしていく。とにかく陰毛が濃すぎて、入口の場所が見えない。穴の位置がどこにあるのかよくわからなかったが、狙いは間違っていなかったらしい。亀頭がずぶりと沈みこむ。にわかに吸いついてきた生温かい感触に息を呑みながら、さらに奥へと進んでいく。

「んんんっ……んんんっ……」

舞香がうめく。もう両手で顔を覆っていない。紅潮した顔を歪め、細めた眼でこちらを見つめている。

ずんっ、と最奥まで突きあげると、

「あああっ！」

舞香は眼をつぶって眉根を寄せた。いやらしすぎる表情だった。元が可愛いだけに、喜悦に歪んだ顔が眩暈《めまい》を誘うほど卑猥《ひわい》だった。

その顔を眺めつつ、しばし結合の実感を嚙《か》みしめてから、庄司は腰を使いはじめた。舞香の両膝をつかみ、上体は起こしたままだった。

まずはゆっくりと男根を抜いた。剛毛に遮《さえぎ》られて結合部分は見えないものの、血管の浮かんだ肉棒に、ねっとりと蜜がからみついているのがわかる。

カリ首まで抜いて、もう一度入り直していく。それを繰り返す。あわてるな、あわてるな、と自分に言い聞かせつつも、ピッチがあがっていく。三十秒と我慢できず、自分を抑えきれなくなってしまう。

「ああああーっ！」

ずんずんと突きあげると、舞香が髪を振り乱して身をよじった。

「ああああーっ！　はぁあああああーっ！」

舞香が両手を伸ばしてきたのは、抱擁を求めているからに違いなかった。庄司は気づかないふりをした。両膝をつかんでM字開脚をキープしつつ、上体を起こしたままでいる。

喜悦にあえぐ舞香を、抱きしめたくないわけではない。

抱擁にはあとでたっぷりと応えるつもりだが、その前に眼福《がんぷく》を味わいたいのだ。可憐なる受付嬢のあられもないM字開脚、だけではない。

彼女は類《たぐ》い稀《まれ》な巨乳だった。

ずんずんと突きあげれば、たわわに実った双乳が揺れる。先端で乳首を尖らせたまま、重量感あふれる肉房がユッサ、ユッサと揺れはずむ。女にしかあり得ない色香を振りまきながら、肉の悦びに溺れていく。

たまらなかった。

庄司は渾身《こんしん》のストロークを送りこみながら、血走るまなこでむさぼり眺めた。激しい興奮に、我を忘れそうだった。突けば突くほど、男根は硬く太くみなぎりを増し、女肉との密着感がどこまでも強まっていく――。

4

陽が暮れてきた。

夕暮れどきの隅田川は、庄司にとってデートコースの定番だった。もちろん、かつての話だ。春には桜、梅雨《つゆ》にはあじさい、夏になれば浴衣《ゆかた》を着て漫《そぞ》ろ歩く。冬の冷たい風に吹かれ、好きな女と身を寄せあって寒さをしのぐのもそれはそれで悪くない。ただ、いまはひとりきりだった。

愛をささやき合う相手も、未来を語る相手もいない。ひたすら過去のあやまちを後悔しながら、絶望に向かって歩きつづけるばかりだ。

北に向かって歩いていた。浅草の北には、通称「山谷《さんや》」と呼ばれるドヤ街がある。日雇い労働者たちの寄せ場である。川沿いの遊歩道にも、ホームレスの住処《すみか》である青テントが目立ってくる。

前方に煮染めたような服を来た人々の群れが見えた。

炊きだしのようだ。食うや食わずで野宿生活をしている人たちに、支援団体が食事を提供しているのである。

庄司も腹が減っていた。三日もなにも食べていないのだから、豚汁の匂いが漂ってくると、口の中に唾液があふれ、思わず列に並びそうになった。

もちろん、そんなことはできない。

刀折れ矢尽きるまで戦い抜き、やむにやまれず路上生活者となった人間には、ほどこしを受ける権利もあるだろう。庄司の場合、すべて自分が悪いのだからそういうわけにはいかなかった。炊きだしの群れを通りすぎ、贖罪《しょくざい》の気持ちだけを抱えて歩きつづけるしかない。

とはいえ、もはや歩くのも限界だった。

眼につくところにあるベンチはすべて塞《ふさ》がっていたので、地べたに腰をおろした。いつもより一段低いところから世間を眺めてみれば、堕《お》ちるところまで堕ちてしまった自分の境遇が、ひときわつらく身にしみた。

舞香……。

彼女は最高の女であり、最高の妻だった。

見た目はキュートで、裸にすればエロティックで、羞じらい深さと同じくらい、性に貪欲でもあった。

ただ、最高すぎた。

それが彼女の欠点だった。

舞香はいまどき珍しい大和撫子《やまとなでしこ》で、男を立てることを知っていた。内助の功こそ女の腕の見せどころであると、愚直と言っていい真剣さで信じていた。

彼女と知りあった三年前をピークに、庄司の仕事は不景気の波に呑みこまれていった。それまで右肩上がりだったのが、突如として右肩下がりになってしまった。

当初は、それほど深刻に考えていなかった。

いきなりすべての仕事がなくなったわけではないし、いずれは回復していくだろうと楽観的に構えていた。危機感が足りないのは、苦労を知らずに生きてきた人間の最大の弱点だった。

しかし、じわじわと仕事の発注は減っていき、十人いたスタッフも、ひとり減り、ふたり減り、一年前には三人になってしまった。

それでも庄司は焦らなかった。

広いオフィスから狭いオフィスへと引っ越し、落ちぶれた感はあったものの、元来人を使うことが苦手だったので、スタッフが減ればストレスも減った。いっそのこと会社を畳み、一匹狼のフリーランスに戻ってしまおうかとまで思った。そのほうが、手元に残る金だって多くなる。

舞香が反対した。

「それじゃあ、なんだかわたしがさげまんみたいじゃないですか。わたしと付き合って会社が潰れてしまうなんて……庄司さんは会社を守ってください。わたしは庄司さんを守ります」

舞香の覚悟は本気だった。当時すでに一緒に住んでおり、仕事が落ち着いたら結婚する約束を交わしていたのだが、業績が最低のタイミングで入籍しようと言いだした。

「そのかわり、挙式は一年後にしましょう。一年間、お互いに死に物狂いで頑張って、会社を元の規模に戻すんです。わたし、そういう晴ればれした気分でウエディングドレスが着たい」

舞香はつまり、社長という肩書きにこだわっていたのだった。気持ちはわからないでもない。初対面からサラリーマンは苦手だと言っていた彼女なのだ。庄司の感覚では、フリーランスはサラリーマンとずいぶん違い、一国一城の主《あるじ》だと思うのだが、舞香にはそうは思えないらしい。

とはいえ、フリーランスより経営者のほうが聞こえがいいのは間違いない。挙式のとき、曲がりなりにも社長でいたほうが、彼女だって両親や親戚縁者に鼻が高いだろう。そう思い、庄司は舞香の意見を受け入れた。決して嫌々ではなく、新妻《にいづま》の叱咤《しった》激励に奮い立っていた。

しかし、世知辛い世の中だ。吹けば飛ぶような会社の経営者がひとり奮い立ったところで、どうにもならないこともある。

庄司が主に仕事を受けていたのは、二十七歳まで働いていたIT企業だった。その会社の業績は悪くなかったのだが、発注の担当者がある人物に変わってから、どうにも風向きがおかしくなってきた。

和田満男《わだみつお》という男だ。

庄司より五つ年上で、かつては一緒にフロアで働いていた。五つ上なのに仕事のできない男だったので、先輩の彼を差し置いて庄司がプロジェクトリーダーに抜擢《ばってき》されたこともある。

それを根にもっているらしく、発注を出し渋るのだ。

百歩譲って、庄司にも落ち度があるとしたら、和田をあなどっていたことだ。和田は仕事はできなくてもゴマすりがうまい男だった。こんな男はそのうち馘《くび》になるだろうと心の中で軽蔑《けいべつ》していたのだが、予想に反してあれよあれよと出世して、いまでは課長の肩書きをもっている。

社員が三百人もいる会社の課長である。あまつさえ発注の担当者ともなれば、社員が三人しかいない社長のずっと上をいき、すっかり形勢逆転の体《てい》であると言っていい。

おまけに和田は、ゴマすりだけでポストを獲得した人間が得てしてそうであるように、せこい権力を笠《かさ》に着るのが大好きな男だった。

飲み食いやゴルフの接待はもちろん、フーゾクの領収書までまわしてきた。

「ちょっと和田さん、いくらなんでもこれは……」

と渋い顔をしようものなら、いやがらせの嵐だった。来るべき連絡が滞《とどこお》り、ミスをすれば責任をすべてなすりつけられ、ふた言目には、

「べつにさあ、うちはおたくと付き合わなくてもやっていけるから」

と吐き捨てる。

「かわりの下請けなんていくらでもいるんだよ。わかってんの、そこんところ」

庄司は弱りきってしまった。

和田のごとき屑《くず》野郎にさげる頭などない、と独身のフリーランス時代なら言えただろう。こちらにしても、他の発注元を新規開拓すればいいだけの話だからだ。しかしいまは、妻がいる。三人とはいえ、社員もいる。景気がよくなる兆《きざ》しはなく、とりあえず和田に発注してもらう仕事をこなし、会社に体力をつけなくては、新規開拓する余裕も出てこない。

考え方を変えることにした。

同じ会社にいた当時の、仕事ができないイメージが残っているから、和田のことをどこかで見下してしまうのだ。しかしいまは出世を果たし、曲がりなりにも課長の肩書きをもっている。その点を過不足なく評価し、こちらは下請けとして謙虚な姿勢で接したほうがいい。妻のため、社員のため、必要ならばゴマすりだって……。

庄司はそのころ、他の取引先の人間を誘い、ホームパーティをよくやっていた。料理好きの舞香が、自分も会社に貢献したいと言い、始めたことだった。

庄司は思いきって、和田を誘ってみることにした。

人間関係を円滑にしたければ、まずこちらが胸襟《きようきん》を開いてみるべきだ、と自分に言い聞かせて……。

「なに？　ホームパーティ？」

話を振ると、和田は訝《いぶか》しげに眉をひそめた。

「ええ、うちの嫁が料理をしますので、ぜひ和田さん夫婦をご招待したいんですよ。キャバクラもいいですが、たまには変わった趣向で親睦《しんぼく》を深めるのもいいかと思いまして」

「夫婦でねえ……」

和田は苦笑した。当時、庄司も新婚だったが、和田もそうだったのだ。最初に相手の名前を聞いたとき、庄司は腰を抜かしそうになった。

島崎紀里恵《しまざききりえ》……。

庄司と同期で入った、一般職のＯＬだ。すらりと背の高いモデル体型で、顔立ちもクールビューティと言っていい。はっきり言ってかなりの美人で、見た目だけなら社内でトップクラスに位置していたが、性格は褒められたものではなかった。

紀里恵はいわゆるお局《つぼね》さまであり、彼女にいじめられて職場を去った新人ＯＬは枚挙にいとまがない。男性社員にも決して媚《こ》びることがなく、細かいことでいちいち食ってかかってくるので、扱いづらさは社内一と言われていた。

それでも彼女の女優ばりの美貌に惹かれて、言い寄る者は多かった。だが、みな玉砕していた。

その紀里恵が、まさか和田と結婚するなんて、夢にも思っていなかった。和田は上司の覚えはめでたくても、同僚からは距離を置かれる典型的な嫌われ者で、当然まったくモテなかったからだ。やはり、課長という肩書きが威力を発揮したのだろうか。

「まあ、最近仕事が忙しくて、うちのにも淋しい思いをさせてるからな。お言葉に甘えて、お招きにあずかろうかな」

ニヤリと和田に笑いかけられ、庄司の背筋には戦慄《せんりつ》が這いあがっていった。

嫌な予感がした。もしかすると自分は、大変な間違いをしでかしてしまったのかもしれないと思った。

和田と紀里恵――考えてみれば、まるでアブドーラ・ザ・ブッチャーとタイガー・ジェット・シンがタッグを組んだような、史上最凶コンビではないか。

5

嫌な予感というものは、どういうわけかよく当たるものだ。

和田夫婦を招待したホームパーティは、結果として大失敗に終わった。

「ちょっと、なんなのこの味？　化学調味料は使わないでって、わたしさっき言いましたよね。舌が痺《しび》れるのよ。ホントもう勘弁して」

紀里恵は出てくる料理、出てくる料理にいちいち難癖をつけ、尊大極まりない態度で舞香を無能なしもべ扱いした。一方の和田は、五つ年下の紀里恵の尻に完全に敷かれていた。妻の態度の悪さを注意するどころか、一緒になってなじりながらあっという間に泥酔し、舞香にしつこく酌《しゃく》を要求する有様だった。

まったく、どうかしている。

それでも舞香は気丈に振る舞い、笑顔を絶やさず接待していたが、キッチンに引っこむと悔し涙を流していた。

「わたし、化学調味料なんて使ってないのに……」

ひどい話だった。

こちらが下手に出れば相手も心を開いてくれるなどというのは、甘い幻想だったのだ。少なくとも、和田夫婦のごとき根性のねじ曲がった連中には、まるで通用しなかった。

ならば縁を切ってしまうべきだった。この時点ならまだ、引き返すことができたのだ。和田からの発注をきっぱり諦め、腹を括《くく》って次善の策を練《ね》ればよかった。たとえ会社を潰すことになっても、そのほうがずっとよかった。すべてを壊さずにすんだはずだから……。

翌日、和田から呼びだされた。

仕事の話ではなかった。いや、ある条件を出せばいままで以上に大きな仕事をまわしてやると言われたのだが、話を聞いて頭の血管が切れそうになった。

「おまえんとこの嫁さん、可愛いな」

ふたりしかいない会議室で、和田は言った。

「舞香ちゃん、いくつだっけ？」

「はあ、二十六ですが……」

「いいねえ、若さがまぶしかったよ。ジーパン穿いた尻なんて、ピッチピチのプリップリで、むしゃぶりつきたくなったもんな。おまけに巨乳だ。あんなでけえおっぱい、お目にかかったことがない。小玉スイカでも胸に仕込んでいるのかと思ったぜ」

庄司は言葉を返せなかった。褒めているにしては、和田の言葉は猥雑としすぎていた。愚弄《ぐろう》しているにしては、満面の笑みを浮かべていた。

「むしゃぶりつかせてくれないか？」

「はっ？」

「仕事とバーターで、一度抱かせてくれって言ってんだよ」

「……冗談、ですよね？」

「冗談じゃねえよ」

和田はにわかに眼を細めると、眼光鋭く睨んできた。

「おまえよう、俺のこと馬鹿にしてんだろ？　わかるよ、在職中からそうだったもんな。おまえはたしかに仕事ができた。しかし気配りが足りず、先輩の俺は大いに傷ついた。もう七年も前の話だから、おまえはもう忘れてるかもしれないが、恥かかされたこっちは絶対に忘れない。おまえ、俺に発注とめられたら干上がるんだろう？　干上がらせてやりたくて、こっちは手ぐすねひいてるんだよ。嫁さん抱かせるのが嫌なら、さっさと椅子を蹴飛ばして出ていけばいい。それでジ・エンドだ。俺とおまえの関係がジ・エンドなだけじゃねえぜ。おまえとおまえの会社とおまえの家庭がジ・エンドなんだよ」

庄司は青ざめて唇を震わせた。ここまで露骨に、和田が敵意を剝きだしにしてきたことはなかった。たとえそれが本音でも、面と向かってここまで言う人間がいるだろうか。ここは企業の会議室で、曲がりなりにもビジネスの話をしにきているのだ。

「どうするんだ？　選べよ、庄司。舞香ちゃんと一発やらせてくれるのか？　椅子を蹴飛ばしてここから出ていくのか？」

椅子を蹴飛ばすどころか、ぶん殴ってやりたかった。在職中、庄司はたしかに生意気だった。仕事ができることを鼻にかけていたところもあるかもしれない。しかし、和田を馬鹿にしていたのは、庄司だけではない。プロジェクトに参加していた和田以外の全員だ。和田の仕事が遅いせいで、全員の仕事量が増えたからだ。もっとも割りを食ったのは、プロジェクトリーダーだった庄司である。傷ついただの恥をかかされただのと言うのなら、しっかり一人前の仕事をこなしてから言えばいい。

だが、いまの庄司には、椅子を蹴飛ばして出ていくことも、ぶん殴ってやることもできなかった。キッチンの隅で、悔し涙を流していた舞香の姿が脳裏に浮かんでいた。九も年下の若い新妻が我慢に我慢を重ねていたのに、自分ひとりが感情的になり、すべてをぶち壊していいはずがない。

「……考えさせてください」

それだけ言って深々と頭をさげ、会議室をあとにした。会社を出て、いちばん最初に眼についた赤ちょうちんの暖簾《のれん》をくぐった。頭に血が昇り、心は千々に乱れ、酒でも飲まなければ正気を保っていられなかった。

「どうしたの、あなた！」

泥酔した庄司が玄関でしゃがみこんでしまうと、舞香がスリッパをパタパタと鳴らしてやってきた。

「ちょっと……飲みすぎちまった……」

庄司は笑ったが、顔がひきつってうまく笑えなかった。ちょっとどころか、これほど浴びるように飲んだのは、人生初と言っていい。居酒屋で生ビール二杯とお銚子五本、バーに移動してスコッチを五杯、さらには一見《いちげん》で入ったスナックで焼酎のボトルを一本近く空け、まだ意識があったので中華料理屋で紹興酒《しょうこうしゅ》を三杯飲んだ。

自宅まで帰ってこられたのが、奇跡のようなものだった。玄関扉を開けた瞬間、腰が抜けた。靴を脱ぐことすらできそうになかった。しかし、腰が抜けていても、靴を脱げなくても、できることはあった。

庄司は舞香に土下座した。

「会社を畳ませてくれ……」

舞香がどんな顔をしているのか想像がついたので、庄司は眼をあげることができなかった。

「会社を畳んでフリーになれば、俺はまだやっていける。そこそこ普通に暮らしていける。おまえにだって迷惑はかけない。いままで通り、専業主婦でいてくれてかまわない……」

舞香は黙っている。

「俺は……俺はもう嫌だ……心の底から嫌になった……和田みたいなゲス野郎のケツを舐めて、仕事なんかもらいたくない……」

「……なにがあったの？」

舞香がしゃがみこみ、庄司の顔を両手で包みこんでくる。ひんやりした手の感触が、酔った頭を一瞬だけ覚醒させた。舞香は庄司の顔をのぞきこんできた。可愛い女だった。この可愛い妻を、和田は抱かせろと言ったのだ。もちろん、天地がひっくり返ってもそんなことをさせるつもりはない。舞香を抱くところを想像しただけで、八つ裂きにしてやりたい。

「なにがあったの？　言って……」

まなじりを決して見つめられ、

「なにって、おまえ……なにがって……」

庄司は熱いものがこみあげてくるのを抑えきれなくなり、嗚咽《おえつ》をもらした。九歳年下の新妻の前で泣いてしまうなんて、恥ずかしくてしようがなかったが、涙はとまらなかった。

「あのゲス野郎はな……おまえを抱かせろって言ってきたんだ……仕事が欲しけりゃ嫁と一発やらせろって……信じられるか？　まともな人間の言う台詞じゃない。どうかしてる……だいたい、あいつは新婚なんだぞ。お局さまの新妻がいるんだぞ……それなのに……頭がおかしいんだよ。ああ、そうとしか考えられない……俺はもう嫌だ、頭がおかしいやつと関わるのが……」

もはや感情をコントロールすることは不可能で、庄司は声をあげて号泣し、舞香が慰《なぐさ》めてくれるのも無視して、そのまま玄関で寝てしまった。

翌朝の気まずさは尋常ではなかった。

さすがに女の細腕では、大の男を運べなかったのだろう、庄司は玄関で寝ていた。毛布がかけてあったのが心づくしだった。

靴を脱ぎ、よれよれの状態でリビングに向かった。ベッドで寝直したいが、シャワーを浴びて会社に行かなければならない。いや、なにもよりもまず、舞香に謝るべきだった。あんなふうに感情をぶちまけたことはいままでになく、幻滅されている可能性が高かった。

舞香はリビングのテーブル席に座っていた。なにもないテーブルに両手をつき、放心状態で宙の一点を見つめていた。

「お、おはよう……」

声をかけても、顔を向けてくれなかった。

「き、昨日はすまなかったな……ちょっとばかり飲みすぎた……」

まだ反応はない。眼の下に黒い隈《くま》ができている。もしかするとひと晩中、そこに座っていたのかもしれない。

「……怒ってるのか？」

「……いいえ」

ようやく答えてくれたが、まだ顔は向けてくれない。

「昨日は、いろいろぶちまけてしまってすまなかった……聞くに耐えない話だったと思う……でも、その……会社を畳みたいのは、正直なところなんだ……夜にまた話そう……今日は飲まないで帰ってくるから……」

「……いいえ」

舞香はまなじりを決してこちらを向いた。

「会社を畳むことはありません……わたし、和田さんに抱かれてもいいですから……」

「……なんだって？」

庄司は素《す》っ頓《とん》狂《きょう》な声をあげた。それが空耳であってくれたなら、どれだけよかっただろう。

舞香は立ちあがって庄司の前までやってくると、挑むような眼を向けてきた。

「わたし、和田さんに抱かれます。そうすれば仕事をもらえるんでしょう？　会社を潰さなくてすむんでしょう？」

庄司はにわかに言葉を返せなかった。

舞香の眼つきが、怖いくらいに真剣だったからだ。覚悟を決めつつ、冷静でもあった。意地になって言っているのではなく、彼女が吐いた言葉は、ひと晩中考えつくした結論だったのである。

6

どうしてよけいなことを言ってしまったのか？

酔っていたことは言い訳にならない。和田のゲスな要求を舞香の耳にさえ入れなければ、彼女がおかしなことを言いだすこともなかったはずだ。

それが庄司の第一の罪だった。

なぜとめなかったのか？

いくら舞香が望んだこととはいえ、仕事のバーターに妻を差しだす馬鹿がどこにいる。家族を守るために仕事をするのが人間の営《いとな》みで、仕事のために家族を犠牲にしていいわけがない。

それが第二の罪だった。

どちらも万死に値する。

しかし、一度言ってしまった言葉を口の中に戻すことはできないし、舞香は一度やると決めたからには最後までやり通す女だった。

「わたしは和田さんに抱かれます。だからあなたは、会社を建て直すことだけを考えてください」

庄司にはもはや、舞香の気持ちがわからなかった。夫が会社を経営し、社長でいることが、それほど大切なことなのだろうか。会社といっても社員三人で、フリーランスになったほうが、多少は実入りもいいのである。

「馬鹿なことを言うのはよしてくれよ」

庄司は何度も説得した。結果として彼女の意思を尊重することになったけれど、ふたつ返事で快諾したわけではない。当たり前だ。和田はゲス野郎だ。愛しい妻に、指一本触れさせたくない。触れさせるくらいなら、会社を潰したっていい。しかし舞香には、その理屈がまったく通用しないのだ。

「会社を潰してどうするんですか？　フリーランスなんて、はっきり言って無職と同じじゃないですか。わたし、サラリーマンは嫌いですけど、無職はもっと嫌いです。あり得ない。自分の夫が無職だなんて……それくらいなら、和田さんに抱かれたほうがいい……」

舞香は一歩も引かなかった。その時点で、結婚式は三カ月後に迫っていた。式場の予約はもちろん、ドレス選びまですませていたから、舞香も必死だったのである。

説得は不可能に思われた。フリーランスが無職と同じだなんて、とんでもない偏見だったが、彼女の中にあるその類いの偏見を正すことほど難しいことはないのだ。そもそも舞香はサラリーマンが嫌いだ。上司の顔色をうかがってばかりいる――というのが理由だが、それだって偏見と言えば偏見であるわけで、だが、その彼女の偏見によって庄司は夫に選ばれたのである。

「もう勝手にしろ」

　庄司は説得に疲れ果ててそう言った。捨て鉢《ばち》になっていいことなんてひとつもないことを、よく知っておくべきだった。どれだけ疲れ果てても説得を諦めるべきではなかったし、それほどフリーランスが嫌だというなら、離婚という選択肢だってあったのだ。少なくとも、離婚すれば舞香が和田に穢《けが》されることだけはなかった。

　庄司がとった行動は、最悪だった。和田に連絡をとり、舞香の意思を伝えたのだ。いま振り返ってみれば、自分の中に甘い考えがあったことを否定できない。おぞましく薄汚い打算があったのだ。

　舞香を抱かせることで、和田がおいしい仕事をまわしてくれ、会社は持ち直し、再び右肩上がりの状態になって、誰からも祝福される結婚式を挙げられるのではないかと、夢見てしまったのだ。いつか舞香が体を張って会社を守ってくれたことを、感謝できる日が来るのではないかと……。

　待ちあわせは、新宿にあるシティホテルのロビーだった。

　庄司と舞香が入っていくと、和田はすでに待っていた。待ちきれないという顔をしていた。

「じゃあ、ここで……ここからはひとりで行きます……」

舞香は庄司の眼を見ずに言った。

「あとで読んでください……」

庄司の手に封筒を押しこみ、ひとりで和田の方に歩いていった。いつもの可愛らしいミニスカート姿ではなく、あまり似合わない野暮《やぼ》ったい紺のスーツを着ていた。その装《よそお》いの後ろ姿が、ひどくせつなかった。

ふたりがエレベーターに乗りこむと、庄司は封筒を開けた。丁寧な楷書で書かれた手紙が入っていた。

――わたしは和田さんに抱かれます。だからあなたは、会社を建て直すことだけを考えてください。

何度も言われた台詞だったが、続きがあった。

――それから、もうひとつ。

庄司は大きく息を呑んだ。

――わたしを、嫌いにならないで。

心臓を撃ち抜かれたような衝撃があった。

激しい嗚咽がこみあげてきて、トイレに駆けこんだ。個室の中で崩れ落ち、便器を抱きしめながら、声をあげて慟哭《どうこく》した。
——わたしを、嫌いにならないで。
彼女は最高の妻だった。
嫌いになんてなれるはずがない。
しかし、残念ながら、その望みを叶《かな》えてやることはできなかった。
それが庄司の、第三の罪だ。
いちばん重い罪だと言っていい。

第二章　寝取られた新妻

1

朝日のまぶしさに眼を覚ました。

路上生活者にも縄張りがあるらしく、ゆうべは何度も寝る場所を変えた。壁にもたれかかって寝ていると、ホームレスたちが小石を投げて威嚇《いかく》してくるのだ。ふざけた話だったが、大立ちまわりを演じる気力も残っていなかったので、山谷付近から浅草付近まで南下して、桜橋まで来るとようやく威嚇されなくなった。橋の下にコンクリートの階段があったので、そこで横になって寝た。

眠っていたのは、三、四時間ほどだろうか。空腹がひどすぎて意識が朦朧《もうろう》としているから、眼を覚ましても夢を見ているようだった。

真冬なら、間違いなく凍死していただろう。凍死は苦しくない死に方のひとつだと聞いたことがある。いっそ気持ちがいいと言ってもいいような境地で意識を失い、そのままあの世に行けるらしいので、いまが真冬であればよかったのにと思った。

夏の終わりでは、餓死がせいぜいだろう。餓死はつらそうだった。いまこの瞬間も、つらくてつらくてしかたがない。どうせ死ぬしかないのなら、さっさと首を吊るなり、ビルから飛びおりるなりして、この世に別れを告げたほうがいいかもしれない。

しかし、もはや自殺する体力すら残っていなかった。上体を起こすのがせいぜいで、立ちあがることさえできない。

この場で苦しみながら餓死するのが、どうやら運命のようだった。立ちあがるのを諦めてもう一度寝転ぼうとすると、

「ようニイさん」

男が隣に座った。

「弁当あまってるんだけど、よかったらひとつ食べないかい？」

五十がらみの、脂《あぶら》ぎった笑みが顔にへばりついた男だった。スーツに革靴と身なり

がいいから、肉体労働の手配師ではない。

男はビニール袋からガサゴソと弁当を取りだすと、庄司の膝の上に載せてきた。老舗のすき焼き弁当だった。

「お茶もあるぜ」

温かいペットボトルを渡された。反射的にキャップを開けようとしたが、手指に力が入らなかった。

「ハハッ、ずいぶんお疲れのようだ」

男がキャップを開け、あらためて渡してくれる。庄司は飲んだ。生温かくも甘いお茶の味が、全身にしみていくようだった。そうなると、食欲も抑えきれない。世の中、ただより怖いものはない。そんなことはわかっていたが、気がつけば弁当の蓋《ふた》を毟《むし》りとり、むさぼるように食べていた。

甘辛く似た牛肉と、タレがよくしみた白いごはん。弁当は温かくなかったが、涙が出そうなほど旨《うま》かった。これほど旨いものを食べたのは、生まれて初めてかもしれないと思えるほどに。

あっという間に平らげてしまうと、

「よかったら、もうひとつ食うかい」

男は苦笑しながら自分の分の弁当を渡してくれた。庄司はそれも、瞬《また》く間に胃に収めた。死が遠のいたのが、はっきりとわかった。人間なんて単純なものだ。食べるものを食べさえすれば、生きていける。

「もうずいぶんと昔の話だが、アタシもニイさんと同じように、ここで夜明かしたことがあるんだ……」

男が問わず語りに言葉を継ぐ。

「生きてるってことは、そりゃもうしんどいことの連続ですよ。嫌ンなっても当然だから、アタシは死に急ぐ人間をとめようとは思わない。現世は夢、夜の夢こそまこと……なーんて言ったのはどこの文豪でしたかね。アタシに言わせりゃ、あの世こそまことですよ。こんな肥溜《こえだ》めみたいな世の中より、あの世のほうがずっと住み心地がいいに決まってる」

「……宗教の勧誘ですか？」

「そうじゃない」

男は苦笑した。

「アタシみたいな俗物に、神だの仏だのは似合わない。そうでしょう？　そうなんですよ。アタシは人を探してるだけだ」

男は庄司のもっているお茶が空になっているのを見ると、もう一本のペットボトルもキャップを開けて渡してくれた。

「アタシが探してるのはね、死にたくても死にきれない男ですよ。八方ふさがりで出口なし、あとはもう、枝ぶりのいい木でも見つけて首を括るしかねえって状況なのに、それもできずに肥溜めの中をさまよってる人間です」

「……俺じゃないですか」

庄司は苦笑した。腹が満ちたことで、冗談を言う元気が出ていた。

「どうしてわかったんです？　俺が死んでもいいと思ってるって」

「お目が高いでしょう？」

眼を見合わせて笑う。

「アタシにはわかるんですよ、そういうこと」

「死にたくても死ねない男に、いったいなんの用があるっていうんです？」

「その前に、戸籍はきれいですか？」

「バツが一個ついてますよ」

「それは問題ない。独身ならむしろ好都合です。間違っても、戸籍を売ったりしてませんね？」

「ええ……」

うなずきつつも、庄司は戦慄を覚えていた。話がいよいよ、ただより怖いものはない方向へと向かっていた。

「ギソウケッコン」

「えっ？」

「偽装結婚、って聞いたことあります？」

庄司は曖昧《あいまい》に首をかしげた。言葉はもちろん知っていたが、犯罪がらみのニュースでしか耳にしたことはない。

「もしニイさんがアタシの話に乗るっていうなら……ある女と結婚してもらいたいんですよ。悪い女じゃねえし、家もある。柔らかいベッドにあったかい食事は約束しますよ。期間はまあ、三カ月から半年ってとこですか。その間、月に二十万ほど手当を出します。それとは別に、手付金で百万ほど……」

庄司は黙って聞いていた。ただ女と一緒に暮らすだけで、それだけの金を渡すというのだから、まともな話ではない。外国人に日本国籍を取得させることが目的かもしれないし、もっとあくどいことを考えている可能性もある。たとえば、あてがわれた女と結婚した後、保険金をたっぷりかけて殺されるというような……。

「なあ、ニイさん、アタシはこう思うんだよ。死にたくても死ねないってことは、まだ心が整ってないんだ。あの世に行けば幸せなのはわかってる。だが、幸せになる準備不足なわけだ。三カ月から半年、アゴアシの心配せずにのんびりすればいい。手付金の百万で、嫌になるまで女を抱くのもいいだろう。そうすりゃ心が整いますよ。自信をもってあの世に行って、幸せになれる。どうせ死ぬなら、半年やそこら遅くなってもかまやしねえだろ？」

庄司は別のことを考えていた。

「なあ、どうだいニイさん？　ここで会ったのもなにかの縁だ。アタシの話に乗ってみねえかい？」

「あんた、悪党だろ？」

男は鳩が豆鉄砲を食らったような顔をした。

「いや、いいんだ。悪党でいい。いまみたいな話、悪党でなけりゃできるわけないものな」

「悪党だったらどうだっていうんだい？」

「頼みがある」

庄司は低く声を絞った。

「金はいらない……金なんていらないから……復讐に手を貸してほしい」

「……ほう」

男の顔から笑みが消え、にわかに眼光が鋭くなった。

「殺しかい？」

「いや……」

「なら言ってみな。殺し以外なら、たいていの相談には乗ってやれる」

庄司は息を吸い、吐いた。自分の口から復讐などという言葉が出たことに、庄司自身がいちばん驚いていた。

だが、やはりこのままでは死んでも死にきれない。

死ぬために心を整えるというなら、やり残したことがひとつある。

あの憎っくきゲス野郎……和田に復讐を遂《と》げることさえできれば、この世に未練などなにもない。

2

ひと月前——。

愛しい新妻・舞香が、和田に抱かれた。

ホテルにエスコートしていったのは、庄司だった。ついてこなくていいと舞香は言ったが、強引についていった。

傷つきたかったからだ。

和田に抱かれることで舞香は心に途轍もないダメージを負うはずであり、その何千分の一でも、何万分の一でもいいから、自分の心にも傷をつけなければ申し訳が立たないと思った。

——わたしを、嫌いにならないで。

舞香に渡された手紙を読み、庄司は泣いた。ホテルのトイレで三十分以上号泣しつづけ、最後には様子をうかがいにきたベルボーイに無理やり個室から引きずりだされた。

気丈にも和田に抱かれることを受け入れた舞香だったが、やはり不安も恐怖も抱えていたのだ。

自分にできることは、いままで通り彼女に接することだけだ、と庄司は考えた。何事もなかったように、いままでそうしてきたように、舞香を心から愛しつづければいい。

だが。

できなかった。

舞香が和田に抱かれた夜のことだ。

庄司は必死に心を落ちつけ、舞香の帰宅を待っていた。予定よりずいぶん遅く、終電近くになってやっと帰ってきた。庄司と眼を合わせようとせず、逃げるようにそそくさとバスルームに駆けこみ、一時間以上出てこなかった。

「ビール、飲むかい？」

ようやく出てくると、庄司はできるだけやさしく声をかけた。

「サラダなんかもつくってみたんだ、よかったら……」

「いらない」

冷たく言った舞香の両眼は、無残に赤く腫《は》れていた。激しい罪の意識を感じる一方で、これまで彼女に対して抱いたことのない暗い色香を感じて、庄司の胸は締めつけられた。

「そう言うなよ。せっかくだから一緒に……」

「なにがせっかくなのよ」

嚙みつきそうな眼で睨まれ、庄司は息を呑んだが、舞香はすぐに、

「ごめんなさい……」

震える声で謝った。

「今日は……いいから……放っておいてほしい……」

髪も乾かさないまま、寝室に入っていった。

ひとり取り残された庄司は、亡者のような足取りでバスルームに向かった。風呂なら先ほど入っていたし、泣くためでもない。

自慰《じい》をするためだった。

舞香から漂ってきたなんとも言えない暗い色香に、痛いくらいに勃起していた。しごきたてれば自然と、舞香が和田に抱かれているところが思い浮かんできた。大量の男の精がバスルームの床に飛び散るまで、時間はかからなかった。

自慰の後ろめたさに心を痛めつつも、庄司は必死になって、普段通りに自分を取り繕おうとした。舞香だって、同じ気持ちだったに違いない。

それでも、ぎくしゃくしてしまう。それ以降、自宅にふたりきりでいても、庄司と舞香の間には、いつだって和田が存在し、ニヤニヤと卑猥な笑みを浮かべていた。

忘れたくても、忘れることができなかった。

試練は続いていた。

和田から、三日にあげず呼びだしがあり、居酒屋で酒を飲みながら微に入り細を穿《うが》って、舞香を抱いた一部始終を聞かされた。

「おまえの嫁さん、ホントに抱き心地いいな……」

アタリメをくちゃくちゃと嚙みながら、和田は言った。

「肌は白くて綺麗だし、なにしろあの巨乳だろ。揉んでると、時間を忘れるよな。三十分くらい、余裕で戯《たわむ》れてたんじゃないか。揉んでは吸って、吸っては揉んで……巨乳のくせに敏感なのもたまらないよ。普通、あんだけでかいと鈍いもんじゃないか。しかも、嫌々俺に抱かれるわけだろ？　なのにあんあん言って、乱れまくってたからな。で、パンツを脱がしゃあ大洪水よ。そうそう、真っ黒いマン毛にも度肝《どぎも》を抜かれたけどな。可愛い顔してあの剛毛はすごいよ。悪魔が棲《す》みついてるジャングルかと思ったよ。あんまり濡れすぎて、毛先からマン汁がしたたってたからな。ハメりゃあハメたで締まりはいいし、なによりイキまくりじゃないか。おまえが相手でもあんなにイクのか？　俺のデカチンのせいかねえ。最後のほうは、二分に一回くらいイッてたんじゃないかねえ。いやいやなんて言いながらも、マンコが締まりまくってチンポ離さないんだから、たまんない女だよ。可愛い顔してあんな淫乱だとは夢にも思わなかったぜ……」

和田の話を聞いていると、一秒ごとに魂が少しずつ削りとられていくようだった。熱いものがこみあげてくるのをどうすることもできず、和田がトイレに立つたびに、庄司は眼尻の涙を拭《ぬぐ》わなければならなかった。

和田に抱かれてもイッたのか……。

その事実が、なによりも庄司を打ちのめした。せめてマグロであってほしかった。

舞香の体はとびきり敏感だし、イキやすいのも事実だった。しかし、夫以外の男に抱かれているのだ。イクことはないではないか。濡れてしまうのはしかたなくても、イクことは……。

おまけに……。

和田は約束を守らなかった。舞香を差しだせば、いつもより大きな仕事をまわしてもらえるはずだったのに、実際にはお茶を濁《にご》す程度の発注しかされず、どうなっているのかと訊ねると、もう一度舞香を抱かせてくれと迫られた。

「舞香ちゃんの抱き心地を忘れられないんだよ。ビッグ・プロジェクトをまわすのはやぶさかじゃないぜ。だがそうすると、もう舞香ちゃんを抱かせてもらえなくなりそうでなあ……」

「一回だけの約束だったじゃないですか」

「ハハッ、あの抱き心地を知ってしまったからには、たった一回で終わらせるのはしのびないよ。おまえだって男ならわかるだろう？　まあ、言うなれば、舞香ちゃんが悪いんだな。抱き心地がよすぎて」

「そ、そんな……」

歯噛みをし、髪を掻《か》き毟っても、すべては後の祭りだった。ここで引き返して仕事の発注が流れてしまえば、舞香が体を張った意味がなくなる。会社を守ることができなくなる。

結局、和田の言う通りにするしかなく、つごう四回、舞香はゲス野郎に抱かれることになった。

しかも、そこまでしても、和田は約束を守らなかった。

「最後にもう一回だけ、抱かせてくれよ。ハハッ、本当の本当にこれで最後にするからさ、ひとつ趣向を凝らして……」

和田はニヤリと不潔な笑みをもらした。

「もう勘弁してくださいよ」

庄司は疲れきっていた。

「とにかく、約束を早く守ってください。うちの会社はもう、パンク寸前なんです。和田さんに仕事をまわしてもらえないと……」

「わかってる、わかってる。だが、その前に、俺が舞香ちゃんを抱いてるところを、おまえに見てほしいんだよ」

庄司は一瞬、目の前の男がなにを言っているのかわからなかった。

「おまえよう、俺の言ってることを信じてないだろ？　実際におまえの嫁さんをイキまくらせてるのに、信じてない顔をしてる。だからそれを証明するのがひとつ。可愛い嫁さんがひぃひぃ言ってるところを、その眼でじっくり拝ませてやるよ」

「じょ、冗談はやめてください……」

「冗談じゃねえんだよ。おまえに見せる理由はもうひとつあるんだ。おまえの目の前で舞香ちゃんをイキまくらせれば、興奮するだろうからなあ。想像するだけで、チンポが勃《た》ちそうになってくるよ……おまえが立ちあうことを、舞香ちゃんには知らせないんだ。興が乗ったところで、唐突におまえが部屋に入ってくるって段取りにする。舞香ちゃんは泣くだろうねえ。でも、おまえが来る前にこってり愛撫してあるから、オルガスムスは欲しい。欲しくて欲しくてしかたがない。結局は、おまえが見ている前で『イカせて、イカせて』って俺におねだりするしかないわけだ。恥も外聞も、人間性すら脱ぎ捨てて、俺のチンポでイキまくるしかない。どうだ？　興奮しそうだろう？」

この男は正気だろうか、と庄司は啞然とした。男なら誰だって、他人の妻に欲情し、抱きたくなることくらいはあるだろう。そこまではまだわかる。実行するかどうかは別にして、欲望自体は理解できる。

しかし、夫の前で妻をイカせたいなどと思うのは、完璧に常軌を逸した変態性欲の類いだった。

いや、変態性欲ならまだ可愛げがある。和田はただ、自分たち夫婦を痛めつけたいだけなのだ。正確には、庄司を地獄に堕としたいのだ。どうでもいいような過去の恨みを晴らすために、蛇のような執念を発揮して……。

それでも。

庄司にNOということはできなかった。四回までもゲス野郎に妻を差しだし、このところまったく仕事が手についていない。新規開拓はおろか、通常業務も滞っている有様で、和田に大きな仕事をまわしてもらえなければ、銀行から金を借りることができず、社員に給料すら払えない。

いや……。

それは自分に対する言い訳で、本当は舞香が和田に抱かれているところを見たかったのだ。このところ庄司は、舞香に隠れて自慰ばかりしていた。和田に抱かれたあとの彼女に漂う暗い色香を嗅ぎつけてはイチモツをしごき、和田の話を思いだしては射精していた。

もし実際に舞香が抱かれているところを見ることができたら……どこかにそんな欲望があったことは、否定できない。

3

その日。

庄司はいつものように、舞香をホテルのロビーまで送っていった。

和田との逢瀬《おうせ》が複数回に及ぶと、夫婦の関係はぎくしゃくするどころか会話がまったくなくなった。ふたりの間に漂う空気は凍えるような冷たさで、視線すら合わせないようになった。

いつかまた、以前のように仲良くなれる――そんなことを、庄司はもはや信じていなかった。この時点ですでに、ふたりの関係には決定的な亀裂が入っていた。入らないはずがない。他の男に妻を抱かせるなんて、異常なことだ。庄司も舞香もアブノーマルな人間ではない。異常事態を無言でやり過ごそうとしても、できるわけがなかったのである。

ロビーに入っていくと、和田が待っていた。庄司が立ちどまり、舞香はひとり彼に近づいていった。いつもなら、和田は庄司のことを一瞥《いちべつ》もしない。しかし、その日に限って、エレベーターに乗る前、チラリと視線を送ってきた。わかっているな、という合図だった。

ロビーで別れてからきっちり一時間後に、部屋の扉を開けろ。それが和田の要求だった。庄司は腕時計で時間を確認した。午後七時三十分。それからフロントに行き、和田からの預かりものを受けとった。封筒の中に、カード式のキイが入っていた。ルームナンバーは一〇〇八。

庄司はそれをポケットに入れると、ロビーにあるティールームに入った。コーヒーを頼んだものの、五分と座っていられなかった。すぐにチェックして、ホテルのまわりを歩きはじめた。檻《おり》に入れられた猛獣のような気分で、脇目も振らず歩きつづけた。

いまごろふたりは、密室でふたりきり。和田はまず、舞香にキスを求めるだろうか。それとも服を脱がすのか……。

舞香は下着に贅沢をする女だった。可愛い顔に似合わず、大人っぽいデザインを好んでいる。庄司と初めてベッドインしたときはローズピンクのランジェリーだったが、あれは例外的で、黒や赤や濃い紫が多い。レースがふんだんに使われていたり、デザインがきわどかったり、中にはパンティがシースルーで濃いめの恥毛を透かせているものなどもあって、庄司はいつも悩殺されていた。

今日はどんなランジェリーなのだろうか。

匂いたつようなエロティックな下着を、和田の薄汚い手で剝《は》ぎとられるのか。

「くそっ……くそっ……」

庄司は競歩のようなスピードで歩いた。

夏の盛りだったので、みるみる汗みどろになっていったけれど、決してスピードは落とさなかった。

必死に歩くことで、よけいなことを考えなくするためだ。

しかし、どうしたって考えてしまう。

舞香はクンニリングスを苦手にしているけれど、和田なら強引に求めそうだった。

フェラチオだってそうだ。

庄司の場合、舞香が嫌がる行為は決してしなかった。愛しているからだ。愛している女に、嫌われたくなかったからだ。

和田の場合、愛なんてない。欲望があるだけだ。むしろ、嫌がる行為を無理やり強要することで、あのゲス野郎は興奮するのではあるまいか。

心が震えた。

舞香はこの件に関して、決して愚痴《ぐち》をこぼさなかった。口にもできないほど、ひどいことばかりされているのではないか。思いだしたくもないくらい、恥という恥をかされ、おぞましさの海で溺れさせられているのではないのか。

心が凍えた。

舞香の望みは、たったふたつだった。夫には会社を建て直すことだけに集中してほしい。そして、会社のために体を張る自分を、決して嫌いにならないでほしい……。

舞香を和田に差しだして以来、庄司は夫婦生活を営んでいなかった。お互い、そういう雰囲気になるのを避けていたのだが、抱いておけばよかった。最初に和田に抱かれた日の翌日、あるいはその翌日。いまでも深く後悔している。まだ傷の浅いうちに抱いておけば、舞香の気持ちがどれだけ救われたか……。

　いまから思えば、庄司も捨て鉢になっていたが、舞香もそうだったのだろう。とくに、一回きりの約束を反故《ほご》にされ、二度、三度と抱かれているうちに、心が摩耗し、すべてがどうでもよくなってしまったのかもしれない。

　抱いておけばよかった。

　そうすれば、舞香まで捨て鉢にはならなかったかもしれない。やっぱり嫌だと言いだしたかもしれない。愛してもいない男に辱《はずかし》められるのは、もう耐えられないと……。

　死にたくなってきた。

　できることなら、腹を切って詫びたかった。

　自分のような男と結婚してしまったばかりに、舞香はひどい人生を歩むことになった。かかなくてもいい恥をかき、やらなくてもいい行為を強要されるのは、魂を痛めつけられることにも等しいだろう。

　彼女ほどの器量のよさと、男に尽くす心根があれば、庄司などよりずっと条件のいい男と結婚できたかもしれない。高層タワーマンションに住み、おしゃれな外車を乗りまわし、エステ通いや習い事に勤《いそ》しんでいればいいセレブな生活だって、夢ではなかったはずなのである。

それが……。

自分のような男と結婚してしまったばかりに……。

舞香は……。

4

ようやく五十五分が経過してくれた。

庄司はしたたる汗を拭いもせず、ホテルのロビーに戻り、エレベーターに乗りこんだ。

一〇〇八号室の前に立ち、腕時計を確認すると、八時三十分だった。きっちり一時間が経過している。

心臓が胸を突き破りそうな勢いで早鐘を打っていた。舞香が和田に抱かれている現場を見て、正気を保っていられる自信はなかった。しかし、この期《ご》に及んで、そんなことを考えてもしかたがない。何度か深呼吸をしてから、カードキイを差しこんで扉を開けた。

声が聞こえた。

短い廊下の先にあるベッドはまだ見えなかったけれど、そのあえぎ声はたしかに聞き慣れた舞香のものだった。いや、聞いたこともないくらい切迫していた。それを聞いただけで逃げだしたくなったけれど、歯を食いしばって前に進んだ。

ベッドに裸の男女がいた。

普通ではないおぞましい光景が、庄司の眼を射《い》った。

こちらを見てニヤリと笑った和田は、黒いブリーフを穿いていた。それは普通だ。前がもっこりふくらんでいるのも異常とは言えない。

一方の舞香は全裸だった。服も下着も着けていなかったが、別のもので白い裸身を飾られていた。

真っ赤なロープで両脚をM字に固定されていたのだ。あお向けなのでよくわからなかったが、おそらく両手も背中で縛《しば》られている。上半身にまわった赤いロープで、豊満な乳房がくびりだされている。くびりだされておかしな形に変形した巨乳の先端では、乳首に洗濯ばさみがはめられている。

庄司が部屋に入っていっても悲鳴があがらなかったのは、舞香が目隠しをされているからだった。

庄司の体は硬くこわばり、小刻みに震えていた。

そこまででも充分に衝撃的な光景だったが、舞香の体にはもうひとつ、信じられないような異変があった。

M字開脚された中心に、黒い草むらがなかった。かわりにこんもりと盛りあがった白い丘が見えた。恥毛がツルツルに剃《そ》りあげられていた。舞香が自分でそんなことをするはずがないから、和田にやられたのだ。

アーモンドピンクの花びらが剝きだしだった。乳首同様、清らかな色をしていたが、剝きだしの花びらのインパクトは絶大だった。すでにたっぷりと愛撫を受けているらしく、だらしなく口を開いて涎《よだれ》じみた蜜を垂らしていた。可愛い舞香の体の一部とは思えないくらい卑猥であり、別の生物がそこに棲みついているようにさえ見えた。和田の指に割れ目をぐいっとひろげられると、薄桃色の粘膜が淫らに渦を巻いていた。

「舐めてやるからな……」

和田が不潔な笑みをもらす。ベッドに腹這いになり、クンニリングスの体勢をとると、舞香と庄司を交互に見た。

「マン毛を剃ったら、クンニがすげえよくなっただろ？」

和田の舌先が肉の合わせ目をねちりと舐める。

「あううぅーっ！」

舞香の体がしたたかにのけぞった。相当敏感になっているらしく、赤いロープにくびりだされた巨乳が上下に揺れはずむ。あまりに激しく揺れるので、乳首をつまんでいる洗濯ばさみが飛んでいきそうになる。

ねちねち、ねちねち、と和田の舌がクリトリスを転がす。

「ああっ、いやっ……あああああっ、いやああああっ……」

言葉とは裏腹に、舞香が感じているのは火を見るよりもあきらかだった。緊縛《きんばく》された不自由な体を激しくよじっては、全身から生汗を噴きださせる。太腿《ふともも》をぶるぶる震わせては、股間を上に跳ねあげる。喜悦を嚙みしめるように、両足の指をしきりに丸めている。

いやらしすぎる光景だった。

恥ずかしがり屋の舞香は薄暗い中でしか服を脱ごうとしないのに、この部屋の照明はマックスの明るさだった。白熱灯が煌々《こうこう》と光を放っていた。アヌスや花びらはおろか、黒い草むらの保護を失ったクリトリスの様子さえつぶさにうかがえた。包皮を剝きって膨張し、小粒の真珠のようだった。

庄司は勃起していた。

痛いくらいに硬くなり、いても立ってもいられなかった。

自己嫌悪がこみあげてくる。妻が会社のために体を張ってくれているというのに、興奮するとはなにごとなのか。

おそらく、舞香が目隠しをされているからだ。そう自分に言い訳した。顔が見えた瞬間、興奮などしていられなくなるだろう。舞香が自分を認識し、悲鳴をあげた刹那《せつな》、勃起はおさまるに違いない。

「ああっ、ダメッ……もうダメッ……」

舞香が切羽つまった声をあげた。

「もうイキそうか？」

和田がニヤリと笑い、庄司を見やった。庄司は息を呑む。握りしめた拳が震える。爪が手のひらに食いこんでいる。

「イ、イキそうっ……」

目隠しをされている舞香は、淫らな刺激に溺れきっている。刺激を求めるように腰をもちあげる。クリトリスをツンツンに尖りきらせていく。

「もうイクッ……イッちゃうっ……」

「イキたいのか？」

「イ、イキたいっ……イカせてえええっ……」

舞香が身悶えながら哀願すると、

「派手にイケばいい」

和田はクリトリスを舐め転がしながら、右手の中指を割れ目に挿入した。ずぼずぼと音をたてて抜き差ししはじめた。

「はっ、はぁおおおおおおーっ！」

舞香が白い喉を突きだして、獣《けもの》じみた悲鳴をあげる。

「もっ、もうイクッ……イッ、イクウウウッ……イクウウウウウウーッ！」

赤いロープで緊縛された体が、ビクンッ、ビクンッ、と激しく跳ねあがった。続く痙攣《けいれん》もすさまじく、ぶるぶるっ、ぶるぶるっ、と五体の肉という肉を震わせて、生汗まみれの身をよじった。

激しいイキ方だった。

激しすぎると言っていい。

庄司は呆然とした。

ここまで手放しのイキッぷりは、夫婦の閨《ねや》でも見たことがない。つまり、和田が吹きこんできた下卑《げび》た話は、徹頭徹尾、本当だったのだ。本来なら、こんなSMじみたやり方は、舞香の忌《い》み嫌うところのはずだった。なのに絶頂に達した。夫の自分に見せたことがないような激しさで……。

5

部屋に静寂が訪れた。

舞香が息をはずませていたが、喜悦の悲鳴をあげなくなっただけで、この世から音が消失してしまったようだった。

「よーし……」

和田が舞香の目隠しに手を伸ばしていく。

「イッたばかりの顔を、拝ませてもらうことにしようか……」

「いっ、いやっ……」

絶頂したばかりの舞香の声はか細く震え、抵抗は弱々しい。

庄司は息を呑んだ。心臓が爆発せんばかりに高鳴っていく。

ついに運命の瞬間が訪れたのだ。

目隠しがはずされる。

いままで隠されていたその顔は、淫らに蕩《とろ》けきっていた。瞳が潤み、赤く染まった頬が盛大に濡れている。喜悦の涙だ。泣くほど気持ちよかったのだ。人身御供《ひとみごくう》として体を張っているにもかかわらず……。

「……えっ？」

潤んだ瞳がゆっくりと焦点を結び、庄司の方に向けられた。

悲鳴はあがらなかった。

声を出せないくらい、驚いているようだった。

「……ど、どうして？」

掠《かす》れた声で、ようやくそれだけを口にすると、

「どうしてもこうしてもあるか」

和田が遮るように言った。

「舞香ちゃんのダンナは、変態なんだよ。どうしても、俺と舞香ちゃんがオマンコしてるところを見たいって頼まれてねえ。嫁さんが寝取られるのを見て、興奮するタチらしい。ほら、ズボンの前がふくらんでるだろう？」

庄司の股間を指差して笑う。

「いや……」

庄司はあわてて股間を隠そうとしたが、遅かった。驚愕に見開かれていた舞香の眼に、軽蔑の影が浮かんだ。これで、和田のついた嘘を彼女は信じてしまったかもしれない。庄司はみずから望んでここにいるわけではない。事実を伝えたかったが、言葉が出てこない。

「でも、舞香ちゃんも、舞香ちゃんだよな。仕事のバーターで俺に抱かれてるはずなのに、嫌がるどころか、感じまくりのイキまくりだもんな。ハハハッ、俺のやり方が

そんなに気に入ったかい？」

和田はブリーフを脱ぎ捨て、勃起しきった男根を露《あら》わにした。いきり勃つそれの根元を握りしめ、舞香の両脚の間に腰をすべりこませていく。パイパンの白い恥丘の下にある、淫靡な割れ目に男根の切っ先をあてがう。

「いっ、いやっ……」

舞香が顔をそむけたが、

「なにがいやだ」

和田は嬲《なぶ》るように、ニヤニヤと下卑た笑いを浴びせる。乳首をつまんだ洗濯ばさみを指ではじくと、「ああっ！」と痛切な声があがる。

「俺のクンニでイクところを、もうきっちり見られてるんだよ。いまさらカマトトぶっても遅いんだ。いつものようにイケばいいよ。俺のチンポでイキまくれば……そーら」

和田が腰を前に送りだす。

「んんんっ……」

舞香は歯を食いしばって声をこらえた。さすがに庄司の前であえぐことは、はばかられたのだろう。

しかし、舞香は緊縛されている。真っ赤なロープで縛りあげられ、両脚を閉じることができない。拒んだところで男根を受け入れるしかない体勢なうえ、パイパンの割れ目はいやらしいくらいヌルヌルになっているに違いない。

舞香は一度イケば満足というタイプではない。一度イッて欲情に火がつけられると、さらなる絶頂を求めてあえぐ。

「そーら、そーら……入っていくぞ……舞香ちゃんの可愛いパイパンマンコに、俺のぶっといイチモツが……」

和田は庄司に向かって言い、男根を浅瀬で出し入れする。亀頭が割れ目を穿つたびに、粘っこい音がたつ。奥までしとどに濡れていることを、その音が生々しく伝えてくる。

「欲しいのか？　奥まで欲しいのか？」

今度は舞香に向かって言い、浅瀬を穿ちながらクリトリスをいじりはじめる。右手の親指で、ピーン、ピーン、とはじくように。

「くぅううっ！　くぅうううう〜っ！」

舞香は真っ赤になってのけぞり、首に何本も筋を浮かべていた。結合が深まっていくと、髪を振り乱してちぎれんばかりに首を振る。

「欲しいんだろう？　奥まで入れてほしいんだろう？　子宮をずんずん突きあげながらクリちゃんをいじれば、舞香ちゃん、すぐにイッちゃうものねえ」

和田は眼を血走らせながら、勝ち誇った笑みを浮かべる。すっかり有頂天になっている。それはそうだろう。目の前で妻を寝取られているのに、庄司は手も足も出せず、地団駄《じだんだ》を踏むばかりだ。いまにも淫らな悲鳴をあげそうな妻を、指を咥《くわ》えて見守っていることしかできない。

いや……。

本当にそうだろうか？

この男は自分のことを、あまりにもナメきっているのではないだろうか。

庄司のすぐ側にはテーブルがあり、その上にガラス製のごつい灰皿が置かれていた。それを手にして和田の後頭部に打ちおろせば、どうなるだろうか。

和田は気絶するだろう。あたりどころが悪ければ、死ぬかもしれない。死ねば庄司は殺人犯になる。

だが、それがいったいなんだというのだ。

全身に殺意が充満していく。

目の前で妻を寝取られ、正気で保っていられるほうがおかしい。それも、せこい権力を笠に着て、仕事とバーターで妻を抱かせろと迫られたのだ。我慢の限界に達した夫が錯乱状態でゲス野郎をぶち殺しても、世間や裁判所はこちらの味方をしてくれるのではないだろうか。

「欲しいんだろう、舞香ちゃん？　照れてないで素直になれよ。オマンコ奥まで突いてくださいって、言ってみろよ」

殺してやる――庄司は覚悟を決めた。

刑務所に入れられようが、前科者の汚名を着ようが、こんな男を生かしておいてはならない。和田を殺せば、自分の人生も終わるだろう。だが、それでいい。どうせ和田は約束を反故にする。こちらが干上がらない程度に仕事を与えては、しつこく舞香の体を求めてくるに決まっている。そうでなくても、二度と再び舞香と幸せな夫婦に戻ることはできない。こんな現場に立ちあったことを、生涯忘れられるはずがない。

庄司はテーブルの方に足を一歩踏みだした。殺意がこみあげてくるほどに、やりきれない哀《かな》しみが胸を押しつぶした。妻は犯され、自分は殺人犯……なぜこんなことになってしまったのだろう？　いったいどこで、ボタンを掛け間違えてしまったのか……。

しかし。

「あなた……」

ガラスの灰皿に手を伸ばそうとしたとき、舞香がせつなげに眉根を寄せてこちらを見た。

「ごめんなさい……わたしは……わたしはひどい妻です……最低の淫乱で、あなたの妻にはふさわしくない……」

庄司には、なにを言っているのかわからなかった。

次の瞬間、舞香は和田を見た。潤んだ瞳ですがるように見つめ、震える声で訴えた。

「オッ、オチンチン、ちょうだいっ……もっと奥まで、オチンチンちょうだいいいいーっ！」

庄司は自分の中で、なにかがガラガラと崩れ落ちていく音を聞いた。

「よーし」

和田はにわかに雄々しさを全開にすると、深々と突きあげた。いきなりのフルピッチで、女体が浮きあがるほどの連打を送りこみはじめた。ぬんちゃっ、ぬんちゃっ、と粘りつくような肉ずれ音が部屋を支配し、

「ああっ、いいっ！　気持ちいいっ！」

舞香が叫ぶ。

「もっとよっ！　もっと突いてっ！　オマンコめちゃくちゃにしてっ！　舞香のオマンコ、めちゃくちゃにしてえええーっ！」

庄司はガラスの灰皿をつかむのをやめた。床に両膝をつき、がっくりとうなだれた。

すべてが終わったことを感じていた。

もうなにもかもうんざりだった。

会社を畳もうと思った。

離婚しようと心に決めた。

実際にそうした。

会社の人間は「もう少し頑張ってみましょう」と言ってくれたし、離縁を告げると舞香は泣き崩れた。だが無理だった。泣きじゃくっている舞香を、ただ呆然と眺めて

いることしかできなかった。

会社を畳み、妻と別れた庄司は、抜け殻になった。

体の中からなにかが抜けてしまった実感があった。

たぶん、魂のようなものだろう。

6

目の前を隅田川が静かに流れていた。

庄司はお茶のペットボトルを口に運んだが、とっくに空だった。太陽はもうずいぶんと高いところにあった。

「なるほどね……」

話を聞きおえた男は、腕組みをして唸った。

「それはたしかに、すべてが嫌になってもしかたがないかもしれないなあ」

庄司は疲れきっていた。

夢中で話をするあまり、肩で息をしていた。家庭も仕事もすべてを失った顛末《てんまつ》を誰かに話したのは初めてだったし、話すつもりもなかったのだが、話しだしたらとまらなくなった。きっと誰かに聞いてほしかったのだ。悪いのは自分だが、自分ばかりが悪いわけではないと訴えたかったのだ。

「しかし、だ」

男は声音《こわね》をあらためて言った。

「その和田って野郎に復讐するとなると、やっぱり殺しになるんじゃないか。いくらアタシでも、殺しは受けきれねえぜ。半殺しもダメだ」

「殺しじゃないです」

庄司は声を低く絞りだした。

「あなた、さっき言ってたじゃないですか。あの世は天国だって。殺して楽にしてやるつもりはありませんよ。生き地獄を与えてやるんだ」

「どうやって?」

「和田の嫁を……レイプしたいんです」

「……ほう」

「目には目をってやつですよ。嫁を寝取られた苦しみを、やつにも教えてやるってわけです。俺が……俺が味わった地獄の苦しみをやつにも味わってもらわなくちゃ、死んでも死にきれない……」

思いつきの話ではなかった。そのことについては何度も考えた。会社を畳み、離婚届を出したあと、和田を尾行したことがある。自宅を特定するためだ。素人の尾行なので見失ってしまったが、特定できていればレイプを実行していたかもしれない。

和田はああ見えて愛妻家で、妻の紀里恵の尻に完全に敷かれている。ふたりがどういういきさつで結婚したのかは知らない。しかし、容姿だけは美しい紀里恵に和田が惚《ほ》れこんでいることは間違いなく、それは紀里恵の高飛車な態度を見ていればよくわかった。元より性格のねじ曲がったお局さまだが、過剰に愛されている余裕がなければ、夫の前であんなふうに振る舞えない。

一度、和田に訊ねてみたことがある。

「どうしてそこまで、うちの嫁に執着するんです？　和田さんだって、結婚したばかりでしょう？」

「うちの嫁は……俺の宝物だからな……」

答えたときの、苦りきった顔が忘れられない。やっとくどき落とした宝物だから、好き放題にはできない、と庄司は理解した。愛のない舞香を相手にするときのように、欲望まかせのセックスができない。要するに、ベッドでも尻に敷かれているということだろう。情けない男だと思ったが、その鬱憤《うっぷん》を人の妻で晴らそうとするのは、人の道にはずれている。

紀里恵をレイプ……。

それはすべてを失い、絶望の淵にいる庄司にとって、たったひとつの願望であり、娯楽であった。たとえばゆうべも、路上に座りこんで眼を閉じながら、その光景を妄想していた。

庄司にはもう、レイプを実行する能力も気力も残されていない。だが、夢の中でなら紀里恵を犯すことができる。その様子を和田に見せつけ、泣かせてやることも……。

情けなかった。

情けないほど、その妄想は庄司を興奮させた。

「なるほど、レイプね……」

男はうなずいた。

「それならまあ、力になってやることができるかもしれない」

「……本当に？」

庄司は身を乗りだした。

「ああ、レイプなんてもんは親告罪だからな。体にさえ傷をつけなきゃ、女はたいてい泣き寝入りさ。ひどい目に遭《あ》わせれば遭わせるほど、口をつぐみたがるものなのさ」

庄司は戦慄を禁じ得なかった。男の口ぶりは、どう見ても過去にレイプをしたことがある人間のそれだった。

男が犯罪組織の一員であることは、もはや疑いようもない。やくざのようなわかりやすい悪ではなく、もっとアンダーグランドで、金のためなら平気で一線を越える魑《ち》魅《み》魍《もう》魎《りょう》であるに違いない。

そんな男の言いなりになって、レイプとバーターで偽装結婚などすれば、我が身も危険にさらされることになるだろう。これは悪魔の取引だった。最低でも命をとられることを覚悟しておいたほうがいい。

しかし、それがいったいなんだっていうのだろう。どうせこのままでは、野垂れ死にだ。すき焼き弁当ふたつで多少は体力が戻ったけれど、ポケットの中には一円玉と五円玉しかないのだ。生き延びる気力など、それ以上に残っていないのである。

「ただ……」

男は溜息まじりに苦笑した。

「いまの話を聞いた感じじゃ、レイプしているところを夫に見せつけてやりたいわけだろ？　それは無理だ。ビデオを撮って送るのもな。証拠を残すようなことはできないんだ。それでもいいかい？」

庄司はうなずいた。

もちろん、できることなら寝取った現場を和田に見せつけてやりたい。詳細に撮影したビデオを送りつけ、あの男を泣かせてやりたい。しかし、できないならできないで、別の方法を考えればいいだけの話だ。

和田の妻をレイプ……。

その夢が叶うなら、この世に未練などなにひとつありはしない。

第三章　偽装結婚

1

男はクロガネと名乗った。

クロガネにとって、自分ほど都合のいい男もそうはいないだろうと庄司は思った。

彼が運転するクルマで区役所に行き、戸籍謄本を取った。婚姻届を出すには必須の書類だが、本籍が地方にあったりすれば、取り寄せるのに時間と手間がかかる。庄司の出身地は東京から五百キロも離れた田舎《いなか》町だが、結婚を機にこちらに移してあった。

さらに、婚姻届の片側を、自筆で書かされる。配偶者となる欄は空白のまま、クロガネに渡す。

「書類はこっちで適当にまとめて提出しておくからよ」

クロガネは満面の笑みを浮かべて受けとった。

素性も知らない女と結婚し、戸籍を汚してしまうことに、抵抗はなかった。一週間前にも、庄司はこの場所にやってきた。離婚届を出すためだ。あのときの絶望的な気分に比べれば、戸籍を汚すことなどなんでもなかった。なんでもないというか、どうでもよかった。

区役所を出ると、再びクロガネの運転するクルマで、住宅街へと移動した。時刻は午後一時を過ぎたところだった。昼下がりの住宅街は、猫が昼寝をするのにちょうどよさそうな陽当たりと静けさに満ちて、行き交う人影もなかった。

「ここだよ」

クロガネがクルマを停めたのは、角地に建つ一戸建ての前だった。まわりの家に比べてやや小さいが、南仏ふうの洒落《しゃれ》た外観をもつ可愛らしい家である。

「おりろよ」

「えっ？」

「ニイさんひとりで行くんだ。中に女がいる。カホという名前だ。華やかに稲穂の穂で、華穂《かほ》な。すべて彼女の指示に従ってくれればいい」

「はあ……」

てっきりクロガネが家まで一緒に来て、女を紹介してくれるものだと思っていたので、庄司は不安になった。

「アタシは約束を守る」

クロガネはフロントガラスの向こうを見たまま、念を押すように言った。

「準備にいささか時間がかかるかもしれないが、レイプは間違いなく実行する。その紀里恵って女を、気がすむまで犯し抜いてやればいい……だからニイさんも、アタシを裏切るような真似はするんじゃないよ」

横顔にアウトロー特有の迫力が浮かびあがり、庄司は気圧《けお》されながらうなずいた。

助手席からおりると、クルマは躊躇《ためら》うことなく走り去っていった。庄司は立ちすくみながら、呆然と見送った。ひとりになると、不安がいっそうこみあげてきて、鼓動は激しく乱れだした。

これから偽装結婚を……。

現実感がまるでわいてこない。朝方、隅田川沿いでクロガネに声をかけられなければ、自分はいまごろなにをしていただろうか。限界を超えた空腹に意識が薄らぎ、水が飲みたくても立ちあがることもできない。迫りくる死の恐怖に怯《おび》えながら、朽ち果てるように息絶えていくのを待つばかり……。

ならば、恐れることはなにもないはずだった。

偽装結婚、面白いではないか。冥土《めいど》の土産《みやげ》にちょうどいい――そう自分を奮い立たせ、家に向かって歩きだした。

深呼吸を何度かしてから、呼び鈴を押した。反応がなかったのでもう一度押そうとすると、扉が開いた。

女が顔をのぞかせた。

彼女は「華穂」という名前らしい。

ひと目見て圧倒された。いまどき珍しい清楚な美人だった。こう言っては申し訳ないが、偽装結婚をするような女なのだから、崩れた感じを想像していたのだ。なにしろこちらだって、隅田川沿いで行き倒れ寸前だったところをピックアップされたのである。

それが、崩れるどころか凛《りん》としていた。年は三十歳と聞いていた。眼鼻立ちが整い、瞳に曇りがない。艶《つや》のある長い黒髪が色白の美貌を際立たせ、スタイルも姿勢もいいから、白いブラウスに紺のスカートというシンプルな装いが、ことさら美しく見える。

「どうぞ」

スリッパを出され、家の中に通された。ニコリともしないのは、緊張しているからだろう。こちらだって、頬の筋肉がこわばって、笑顔なんて浮かべられない。知人の家に遊びにきたわけではなく、これから見知らぬ女との偽装結婚が始まるのである。緊張しないわけがない。

リビングは明るかった。庭に面した大きな窓から午後の陽光が燦々《さんさん》と差しこみ、真新しいテーブルセットやソファを輝かせている。

華穂がお茶を淹《い》れてくれ、テーブルに向かいあわせて座ると、庄司の緊張はますます高まり、息がつまりそうだった。

「なんだかお見合いみたいですね……」

ひきつった笑みを浮かべたものの、華穂の表情は変わらない。

「……庄司です……庄司靖彦」

「……華穂です」

お互い、ペコリと頭をさげあう。

沈黙が訪れる。それが息苦しく、庄司は言った。

「とりあえず、今日はなにをすればいいんでしょうか？」

「今日はべつに……」

華穂は表情を変えないまま静かに答えた。

「お風呂に入ってごはんを食べて、ゆっくり休んでください。明日からは、いろいろありますので」

「いろいろ、とは？」

庄司は片眉をもちあげたが、

「普通の生活ですよ」

華穂の答えはそっけなかった。

「朝起きて、顔を洗ってごはんを食べて、仕事に行く……」

「えっ？」

庄司は驚いた。

「仕事って、なにを……」

「正直、たいしたことではないと思います。すべてはアリバイ工作ですから。普通の生活をするのも、仕事に行くのも……」

「なんのためのアリバイなのか……」

庄司は上目遣いで華穂の顔をうかがった。

「訊《き》いても答えてくれませんよね？」

予想通り、言葉は返ってこなかった。

「まあ、いいですけど」

庄司は苦笑した。

「ハナから教えてもらおうなんて思ってませんから。僕はただ、あなたに言われた通りに動くだけです。考えてもしかたがないことを考えたところで、どうしようもないですからね」

不安が消えたわけではなかったが、庄司はすでに、悪魔と取引をすませている。自分はもう死んでいると思えばいい。実際、生きている実感などない。たったひとつ残して死ぬはずだったこの世への未練を清算すれば、あとはいつ死んでもかまわない。

華穂にうながされ風呂に入った。

足が伸ばせる湯船に浸かると、温泉に浸かったときのように「ううー」と声がもれてしまった。

考えてみれば、家を出てからコインシャワーに入っただけで、湯船には浸かっていない。しかも、まだ陽の高いうちからの昼風呂ともなれば、心も体も心地よく弛緩《しかん》していく。

自分はもう死んでいる……。

その考えは、庄司をほんの少しばかり自由にした。すでに死んでいるなら、恐れることなどなにもない。

のんびりと湯船に浸かり、汚れた体を隅々まできれいにして風呂からあがると、脱衣所に新品の下着とパジャマが用意されていた。

気遣いに感謝しながら脱衣所を出た。リビングのテーブルには酒の肴《さかな》らしき皿が並び、座ると冷たいビールが運ばれてきた。

「どうぞ。最初の一杯だけ」

エプロン姿の華穂に酌をされ、

「す、すいません……」

庄司はひどく恐縮した。ここまでサービスがいいなんて驚きだった。風呂あがりの冷えたビールは、五臓六腑に染みわたるほど旨かった。

自分はもう死んでいる……。

なるほど。ならばここが、天国みたいなところでも、少しもおかしくない。

瓶ビールをゆっくり味わいながら一本空けると、

「どうしますか？」

華穂が訊ねてきた。

「ビールをもう一本飲みますか？　お酒や焼酎やウイスキーもあります。それともごはん？」

「ご、ごはんにしよう……」

庄司は真っ赤な顔で答えた。久しぶりに飲んだので、アルコールのまわりが早かった。緊張と相俟《あいま》って、動悸《どうき》がとまらなかった。

煮魚をメインにした華穂の手料理は絶品だった。決して豪華な献立というわけではなく、シンプルな家庭料理なのだが、小鉢や漬物がいちいち気が利いていて、なによりなめこの赤出汁《だし》が最高だった。庄司は赤味噌が好きなのだが、熊本生まれの舞香は、甘めの合わせ味噌以外使いたがらなかった。

「ごちそうさま。とっても旨かったです」

箸《はし》を置くと、二階の寝室にうながされた。

クイーンサイズはありそうな広々としたベッドに手脚を伸ばして横になると、やはりここは天国なのかもしれないと思った。シーツも枕カバーも清潔で、羽毛布団の重みもちょうどいい。

満腹だったので、すぐに眠りに落ちてしまいそうだった。昔、親にはよく、食べたばかりで横になると牛になるなどと言われたものだが、満腹で惰眠《だみん》をむさぼるより心地よいことが、この世にどれくらいあるのだろう。

だが……。

いまにも睡魔に襲われそうになった瞬間、ハッと意識が覚醒した。頭の芯が冷たくなっていく感じで、眠りにつくことができなくなった。

風呂あがりのビールも、絶品の手料理も、寝心地のいいベッドも、庄司が自分の力で手に入れたものではなかった。ここまで上げ膳据え膳でもてなされる理由はなんなのか、それを考えると眼が覚めていく一方だった。

『期間はまあ、三カ月から半年……』

クロガネの言葉が耳底に蘇《よみがえ》ってくる。三カ月から半年が過ぎたそのとき、自分を待ち受けている運命はなんなのか。いくらなんでも、ただ戸籍を貸すだけですむと思うほど、庄司はおめでたい人間ではなかった。

保険金をかけて殺される——庄司の貧しい想像力では、それが思いつく最悪のエンディングだったが、もしかするともっとひどい目に遭わされるかもしれない。なにしろ相手は、偽装結婚とのバーターに、レイプを請け負うような輩《やから》なのである。

殺されるよりひどいこと……。

考えたくなかった。殺されるにしても、なるべく苦しくない形で、すんなりあの世に行かせてほしい。たとえば、先ほどの手料理に毒が盛ってあり、眠りについたら最後、二度と眼を覚まさないような形で……。

2

甘い匂いがどこかから漂ってきた。

生クリームとか蜂蜜《はちみつ》とか、食べ物の匂いではない。味覚ではなく本能に語りかけてくるような、甘いフェロモン……。

重い瞼をもちあげると、目の前に美しい顔があった。

華穂だった。驚いたことに、同じベッドで眠っていた。ピンク色のネグリジェを着ており、ブラジャーを着けていないから、いまにも透けそうな薄い生地に乳首がぽっちりと浮いている。

朝勃《あさだ》ちで硬くなった男根が、ズキズキと熱い脈動を刻みだした。

夢かと思ったがそうではなかった。

「うんんっ……」

華穂も眼を覚まし、枕元の時計を見た。

「もうすぐ六時ですね。すぐに朝ごはんを用意しますから、顔を洗って待っててください……」

ベッドから這いだしていった後ろ姿を見て、庄司の心臓は停まりそうになった。ネグリジェのピンク色の生地が透け、Tバックパンティを穿いたヒップが眼に飛びこんできたからである。

豊満なヒップだった。しかも、Tバックというのが予想外だ。昨日初めて会ったとき、彼女は白いブラウスに紺のスカートだった。清楚で凜とした女に見えた。しかし、ネグリジェを着た後ろ姿から漂ってきたのは、水のしたたるような色香ばかりだった。昼は淑女で夜は娼婦——そんな言葉が脳裏を去来していく。男がよく理想にあげる女房像だが、まさにそんな感じだった。

そもそも……。

なぜ彼女は、自分と一緒に寝ていたのだろうか。やけに広いベッドだったが、まさかふたり用だとは思ってもいなかった。これは偽装結婚であり、本物の結婚ではない。一緒に寝る必要などないのである。彼女はいったいなにを考えているのだろうか。あんなスケスケのネグリジェ姿で、こちらが雄心を勃発させたらどうするつもりなのか。

まさか……。

華穂は最初からそのつもりだったなんていうことは……。

「いやいやいや……」

庄司は頭を振ってベッドから出た。いくらなんでも、そこまでのサービスはあり得ないだろう。娼婦崩れの薄汚い女が誘惑してくるならまだわかる。しかし、華穂は美しい。あれほどの美女が、隅田川の橋の下で行き倒れ寸前だった男に体を許してくれるはずがない。

リビングに出ていくと、朝食の準備が整っていた。ゆうべと同じ、純和風の献立だ。当たり前だが、華穂はもうネグリジェではなかった。白いブラウスと紺のスカートに戻っていた。

食事を終えると、スーツに着替えさせられた。よくわからないが、会社に出勤しなければならないらしい。

「しばらくは、仕事が終わったら寄り道せずにまっすぐ帰ってきてください」

玄関で、鞄《かばん》を渡された。

「中にお弁当が入っていますから、昼食はそれを。財布には一万円ほど入っています。あとはスマートフォン。アドレスのいちばん上にわたしの番号が登録してあります。なにかあったら連絡してください」

庄司はうなずいた。

「それから、申し訳ありませんけど、これをお願いします」

ゴミ袋を渡された。家のすぐ前にゴミ収集所があり、そこに出してくれということらしい。これもアリバイをつくるためなのだろうか。ごく普通の結婚生活を送っていたという……。

華穂に指示されたとおりに電車を乗り継ぎ、会社に向かった。繁華街のはずれにある、マンションの一室だった。オートロックもない古いマンションで、錆《さび》の浮かんだ金属製の扉に、『H&A会計事務所』と記されたプレートが貼られていた。

呼び鈴を押すと、疲れたワイシャツ姿の中年男が出てきた。禿げ散らかした頭髪に分厚いメガネで、げっそりとやつれた顔をしていた。

「すいません。庄司靖彦という者ですが……」

「ああ……」

男は皆まで言うなという表情で、スリッパを出してくれた。不機嫌さを隠さない男だった。中に入ると、女が三人、デスクに向かっていた。三人とも中年で、庄司のほうをチラリと見ると、すぐに眼を逸《そ》らした。

「この机を使ってください。パソコン使えますよね？」

「ええ……」

いちおう、つい最近までプログラミングの仕事をしていたと伝えたものの、きっぱりと無視された。

「ここにある領収書を、名目別に打ちこんでいってくれればいいから。難しいことじゃないでしょ？」

たしかに難しい作業ではなかった。税金関係の帳簿をつくるための下仕事である。

黙々と作業した。他の社員がいるデスクは、部屋の中央に向かいあわせで置かれ、島になっているが、庄司のデスクだけが壁際に隔離されている。言ってみれば、庄司は空気のような存在と見なされているようであり、声をかけてくることもなければ、視線すら向けてこない。

時間がなかなか経たなかった。昼になると、華穂に持たされた弁当を食べた。味も彩りも、水筒に入れられたお茶の味まで完璧な弁当だったが、なんだか食べた気がしなかった。

「もう帰ってもいいですよ」

この部屋の長であるらしき中年男にそう言われたのは、午後五時きっかりだった。庄司が玄関でスリッパから靴に履き替えて部屋を出た瞬間、扉の向こうからふーっと安堵の溜息が聞こえてきた気がした。

いったいなんなのだろう？

考えられるのは、彼らもまたアリバイづくりに協力させられているということだった。とはいえ、協力させているのは、クロガネかその背後にいる組織である。面倒なことにならないか、気が気ではないのだろう。彼らにしても、なにか弱味を握られているに違いない。そうでなければ、こんなわけのわからないことに協力するはずがない。

電車を乗り継いで家に向かった。

駅前のスーパーで買い物をしてくることを、朝に言い渡されている。玉ネギ、ニンジン、ピーマン、大根、豚の小間切れ二百グラム……だんだん、ロボットにでもなったような気になってきた。

帰宅しても、さまざまなルーティンが待ちうけていた。

入浴、晩酌、食事、少し休んだあと、揃いのスポーツウエアに着替えて華穂とふたりでウォーキング……。

うんざりしてきた。

たった一日で逃げだしたくなってきたが、そういうわけにもいかない。べつに苦行を強《し》いられているわけではないし、それどころかかなり気を遣われている。にもかかわらず、息がつまる。これじゃあ囚人みたいなものではないか、と叫び声をあげたくなる。自分の意思で行動していることが、まったくないからだ。

ただ、いま逃げだせば、華穂の責任になってしまいそうなのが申し訳ない。彼女にはなんの責任もない。

どうやら、偽装結婚というものをいささか甘く考えていたらしい。

庄司としては、戸籍を貸せばそれでいいというふうに思っていたのだ。しかし、偽装結婚は偽装結婚なりに、実体があったのだ。朝のゴミ出し、帰りがけの買い物、夫婦揃ってのウォーキング……。

すべてはアリバイづくりで、なんらかの事件が起こったとき、「あそこの亭主は家事を手伝ういい亭主だった」「夫婦円満に見えた」と近所の人間に証言させたいのだろう。

勝手にすればいい。

どうせ自分は、もう死んでいるのだ。天国に行くためのエクササイズだと思えば、最後に規則正しい生活をしてみるのも一興かもしれない。

ウォーキングで流した汗をシャワーで流した庄司は、リビングのソファに腰かけ、ぼんやりとテレビを観ながらビールを飲んでいた。時刻は午後十一時半。あとはもう寝るだけだ。慣れないことばかりの一日だったので、心身ともに疲れきっていた。今夜は泥のように眠れるに違いない。

グラスに残ったビールを飲み干し、立ちあがろうとしたときだった。

バスルームから、偽《いつわ》りの人妻が出てきた。

今朝と同じ、ピンク色のスケスケのネグリジェを着ていた。

「そろそろ休みますか？」

「あっ、いや……」

庄司はしどろもどろになってしまった。すっかり忘れていた。寝室の広々としたベッドは、ふたりで寝るために用意されたものらしいのだ。

「わたしも休みますから、上に行きましょう」

華穂が近づいてくる。庄司は眼のやり場に困った。スケスケのネグリジェは、華穂のグラマラスなボディラインを露わにしていた。腰のくびれと、太腿の量感がすごい。赤い色をした、バタフライのように小さなショーツが見えている。上はノーブラだ。

ともすれば乳首が見えてしまいそうで、そちらに眼を向けられない。

「申し訳ないが……」

庄司はうつむいたまま言った。

「俺はこのソファで寝る……キミは上でひとりで寝てくれ……」

「どうしてですか？」

華穂はクスクスと笑っているようだった。

「人と寝るのは苦手なんだ。ゆっくり休めない」

「そんなこと言わないでください……」

女に恥をかかせないで、と言いたいようだった。華穂は庄司の隣に腰かけ、身を寄せてきた。

ピンクのネグリジェに包まれた豊満な乳房が、肘にあたった。全身から甘い匂いが漂ってくるようだった。昼は淑女で、夜は娼婦——本物なのかもしれない。偽装結婚とはいえ、昼間の彼女の貞淑な人妻ぶりは、舌を巻くほどだった。となると、夜の娼婦はどれだけすごいのだろう。この装いだけで、自信が伝わってくる。相当な床上手でなければ、ここまでの格好はできない。みずからハードルをあげているようなものだからである。

きっと、服を脱げばさらなるサプライズが用意されているのだろう。男を骨抜きにする手練手管を次々と繰りだし、会心の射精へと導く……。

「ねえ、二階に……」

「いいから！」

庄司は華穂の手を振り払って立ちあがり、サイドボードから飲みたくもないスコッチウイスキーを取りだした。グラスに勢いよく注いで、ストレートのまま飲んだ。胃がカアッと熱くなり、火を噴いてしまいそうだった。

「いいから、ひとりで二階の寝室に行ってくれ。俺はもう少し飲んで、ここで寝る」

庄司の剣幕に、華穂は黙った。小さな溜息をひとつつくと、ひとりで階段をあがっていった。その後ろ姿は、相変わらず悩殺的だった。Tバックショーツから剝きだしにされた尻の双丘が、スケスケのピンクの生地の向こうで淫らがましく揺れていた。

3

二週間が過ぎた。

H&A会計事務所は土日が休みだったが、週末には週末で、ルーティンワークが用意されていた。

最初の土曜日、華穂の運転するハイブリッド・カーで湘南までドライブに出かけた。軽く十万キロは走ってそうな年季の入ったクルマだったが、華穂の運転はうまかった。日曜日はアウトレットモールで買い物だ。着の身着のままでクロガネに拾われた庄司は、着替えひとつもっていなかった。華穂の見立てで、ワードローブを揃えた。

外にいると華穂は別人のようによく笑った。もともと美人なので、笑うと華やぎが増す。おまけに、家にいるときとはうってかわって派手な柄《がら》のワンピースを着ていたりするから、必然的に人目を惹き、とくに男たちが向けてくる視線は痛いくらいだった。

こんな女が妻だったら……。

庄司はそんなことをよく考えるようになっていた。

すべてが演技とはいえ、いやだからこそなのかもしれない。華穂と真実の夫婦であったらという妄想は、庄司を浮き足立たせた。ある意味、理想の妻がそこにいた。昼は淑女で、夜は娼婦——外に出ればまぶしい笑顔を振りまいて男たちの嫉妬の視線を集め、家の中ではどこまでも尽くしてくれる……。

それでも庄司は、華穂を抱くことだけはできなかった。

はっきり口に出されたわけではないが、抱いてもいいというサインはいつも出ていた。毎晩、就寝前になるとピンクのネグリジェ姿を見せつけてきた。庄司は次第にムラムラしてくるようになった。可愛い舞香とはまた違う、美熟の色香に悩殺されきっていた。家の中で偽装結婚のルーティンワークをこなす彼女はマシーンのように無表情だった。セックスをしても、その無表情を保っていられるのだろうかと思った。野太く勃起した男根を両脚の間に咥えこんでなお、演技を続けていられるのか……。

どうせ近々死ぬ運命なのだから、抱いてしまえばいいではないか……。

もうひとりの自分がしきりに言っていたが、庄司は素っ気ない態度をとりつづけた。怖かったからだ。

華穂と仲良くなってしまうのが怖かった。抱いてしまえば、彼女だって生身の女だから、獣の牝《めす》の本性を露わにするだろう。そうなれば、こちらだって普通ではいられなくなる。抱き心地のよさに感動すれば、この世に未練が残ってしまうかもしれない。

それが怖かった。

どうせ近々死ぬのなら、未練など残したくない。いまある未練だけをきれいにして、あとは静かな心もちで最期の時を迎えたい……。


ある金曜日の夜のことだ。

日課であるウォーキングの途中で、唐突に華穂が言った。

「明日の予定は中止します」

翌日の土曜日は、連れだって上野の美術館に行くことになっていた。

庄司は緊張した。華穂の声と横顔が、ひどくこわばっていたからだ。この二週間で、彼女が初めて見せた演技ではない表情だった。不安や動揺や戸惑いが、生々しく伝わってきた。

庄司が顔をのぞきこもうとすると、

「前を向いて、普通に歩いてください」

きっぱりと言われた。

ふたりは住宅街ではなく、公園に沿った道を歩いていた。ウォーキングコースの中では、もっとも人通りの少ないところだ。

「もうすぐクルマが迎えにきます」

前を見て歩きながら、華穂は言った。

「クロガネが乗っているクルマです」

庄司の心臓は、にわかに早鐘を打ちだした。事情を訊ねる間もなく、黒いクルマがふたりを追い抜いていき、三メートルほど先で停まった。

「後部座席に……」

華穂にうながされ、クルマのドアを開けた。奥の席にクロガネが座っていた。スーツ姿ではなく黒いジャージの上下をまとい、表情が異様に険しかった。

庄司は後部座席に乗りこんでドアを閉めた。

若い運転手がアクセルを踏み、クルマが走りだす。

「女をつかまえたよ」

クロガネは横顔を向けたまま低く言うと、それきり押し黙ってしまった。どこの女をつかまえたのか、訊ねるまでもなかった。

戦慄だけが庄司を支配していく。

クルマは下道の路地裏をやたらと曲がりながら進み、一時間ほどかけて目的地に到着した。湾岸の工業地帯にある廃ビルだった。前にワンボックスカーが停まっている。

「そら」

クロガネがなにかを渡してきた。黒い目出し帽だった。

「足がつかないようにしないとな」

クロガネと運転手が目出し帽を被ったので、庄司もあわててそれに倣《なら》った。

クルマをおりて、廃ビルに入っていった。入口にベースボールキャップを被った若い男がふたりいた。ふたりとも屈強な体つきをしたチンピラ風情だったが、クロガネに気づくなり直立不動になって深々と頭をさげた。

階段を三階まであがった。クロガネはいくつか扉を開け、奥へ奥へと進んでいった。

暗闇の中、不意に懐中電灯の光が眼を射った。

乱反射する光の中、人影が蠢《うごめ》いている。黒ずくめで目出し帽を被った男が三人いた。

中央に、赤いワンピース姿の女が倒れている。両手を背中で、両足を足首で、ガムテープによって固定されている。さらに口にもガムテープ、眼にはアイマスクだ。身をこわばらせて震えているから、意識はあるようだ。

紀里恵だろうか。

あの高慢ちきなお局《つぼね》さまが、とらえられてここにいるのか。

「いまから三時間、好きにしていい……」

クロガネが耳打ちしてきた。

「夜明け前には解放してやらんと面倒が増えそうだからな。いちおう下に若いのをふたり残しておくが、下手《へた》打って逃げられたりするなよ。やるからには徹底的にやれ。サツにタレこむ気がなくなるくらいにな」

庄司が息を呑み、うなずくと、

「じゃあ、あとでな……」

クロガネは、その場にいた全員を引き連れて部屋を出ていった。緊張の塊が出ていったようで、

「……ふうっ」

庄司はひとつ息をついた。現実感がまるでなかった。クロガネは約束を守ってくれた。ということは、これから自分は、紀里恵をレイプしなければならないのである。あまりに突然のことなので、気持ちがついていかない。その場所は、社長室かなにかだったのだろう。絨毯《じゅうたん》敷きの十畳ほどのオフィス・スペースで、調度はなにも残されていなかった。

ただ、あとから持ちこまれたらしきものはある。女が転がされているのは、粗大ゴミ置き場から拾ってきたようなベッドマットだった。その横には、こちらも拾ってきたようなひとり掛けのソファがある。妙な花柄で、オフィス・スペースには似つかわしくない。

上に載せられたビニール袋の中をのぞくと、ロープやガムテープ、女物の着替えが入っていた。つまり、いま着ている服を破ったり汚してしまってもかまわないというわけだ。さらに、電マ（=電動マッサージ器）やヴァイブなどの大人のオモチャが大量に……。

クロガネの心づくしらしい。

中に、シェービングクリームとT字剃刀《かみそり》まで入っていたのには、いささか驚かされた。クロガネは、庄司の話を覚えてくれていたのだ。剛毛の舞香がパイパンにされたことを……。

やり返せ、というわけだ。パイパンの舞香が和田にクンニをされているところを思いだすと、にわかに全身の血液が煮えたぎってきた。

これは復讐だった。

命をかけた意趣晴らしなのである。

三時間という持ち時間を、無駄にしてはならない。妻を寝取られ、家庭を崩壊させられた恨みを、この短時間で晴らすためには……。

庄司は息を呑み、女の顔に手を伸ばしていった。

アイマスクをはずす。

たしかに紀里恵だった。

怯えながらも、睨んできた。彼女の高慢さは、偽物ではないらしい。こんな状況で、相手を睨みつけることができるなんて、たいした胆力だった。それがいつまで続くのか、見ものではあるが……。

紀里恵の着ている真っ赤なワンピースは、前をボタンで留めるタイプのものだった。

庄司は両手で乱暴につかみ、ボタンを飛ばして前を開いた。

「んぐうううーっ!」

紀里恵が鼻奥で悲鳴をあげる。口をガムテープで塞がれていても、意外に悲鳴はあげられるものらしい。

下着は黒いレースだった。庄司は馬乗りになり、黒いレースのブラジャーをずりあげた。スレンダーなスタイルなので、彼女の乳房はそれほど大きくない。おかげで、簡単にずりあげることができた。三十五歳の乳首はあずき色にくすんでいたが、くすみ方がとても卑猥だった。こう見えて、けっこうな好き者なのかもしれない。

両手で左右の乳首をつまみあげると、

「んぐっ!　んぐうううーっ!」

紀里恵は髪を振り乱して首を振った。クールに整った美貌が、ワンピースより真っ赤な色に染まっていく。

さぞや恥ずかしいことだろう。

そして悔しいに違いない。

だが、しかし。

舞香が和田に与えられた恥辱は、こんなものではなかったはずだ。和田のような男と結婚したおまえが悪いのだ。恨むなら、和田を恨めばいい。あのゲス野郎に呪《のろ》いをかけながら、地獄に堕《お》ちていけばいい……。

4

女を無理やり犯すというのは、思ったより大変な作業だった。

弱味でも握っていれば別だろうが、この状況では、まずは力ずくでやるよりしかたがない。

庄司は、紀里恵のショーツとストッキングを脱がした。完全に脱がすためには、足首に巻いてあるガムテープを剝がさなければならなかった。剝がした途端、紀里恵は暴れだした。ハイヒールの爪先がみぞおちに入り、胃液が逆流した。暴力はなるべく振るいたくなかったが、みぞおちに二発パンチを入れ返し、おとなしくさせた。

それでも身を硬くする紀里恵をなんとかひとり掛けのソファに座らせ、両脚を開かせた格好にして、ロープで縛った。女の部分が剝きだしになっているはずだが、廃ビルなので電気はとまっており、灯りはランタン型の懐中電灯がふたつあるだけなのでよく見えない。

懐中電灯のひとつを取り、紀里恵の股間に近づけていく。光が女の大切な部分を煌々と照らしだす。

「んぐっ！　んぐぐっ……」

紀里恵は恥辱に悶え泣いているが、もはや手も足も出ない。ふっさりと茂った黒い恥毛が、庄司の眼を射った。意外なことに、まったく処理がされていなかった。アーモンドピンクの花びらのまわりまで、毛脚の短い繊毛が無数に生えている光景は、モデルふうの容姿に似合わない獣じみたものだった。

指を近づけていく。

親指と人差し指で、輪ゴムをひろげるように女の割れ目をくつろげてやる。

紀里恵が鼻奥で泣きわめく。

親指の人差し指の間からは、薄桃色の粘膜が見えている。つやつやと濡れ光りながら、薔薇《ばら》の蕾《つぼみ》のように渦を巻いた姿が、息を呑むほどエロティックだ。

庄司は眼を血走らせて凝視した。

アーモンドピンクから薄桃色へと変化していくグラデーションを、舐めるようにむさぼり眺めた。

恥毛をすべて剃り落とした状態を想像すると、体の芯にゾクゾクと戦慄が走り抜けていく。

だが、それにはまだ早い。

ディスカウントショップのビニール袋から、電マを取りだした。使ったことはないが、ヴァイブよりはるかに感じるらしい。電池を入れて、スイッチオンにする。柄を握りしめている右手にも、ぶるぶるという重振動が痛烈に伝わってくる。

紀里恵を見た。

さすがに美貌をひきつらせていた。やめて、と訴えるように首を横に振っているが、もちろんやめるわけにはいかない。

「んぐううーっ！」

電マのヘッドをクリトリスにあてがってやると、紀里恵はしたたかにのけぞった。重振動が体の芯まで響いていることが、はっきりとわかった。

庄司はぶるぶると卑猥に震える電マのヘッドでクリトリスをいたぶりながら、左手であずき色の乳首をつまんだ。ひどく硬くなっていた。舞香は和田に、乳首を洗濯ばさみでとめられていた。それを思いだすと、つまんだ指に力がこもった。押しつぶす勢いで圧をかけ、ひねりあげてやる。

「んぐっ！　んぐうう—っ！」

紀里恵の顔はもう真っ赤だ。とくに小鼻が赤くなっているのがいやらしい。口で呼吸ができないから、鼻の穴もひろがっている。元がクールビューティだけに、無残な表情がどこまでもそそる。

それに……。

無残な表情で拒絶を訴えながらも、紀里恵の腰は動いていた。最初は、電マから逃れるためだった。少しでも刺激の少ない角度を探し、股間を逃がしていた。

しかし、その動きが次第に、いやらしい方向へと向かっていく。庄司が操《あやつ》る電マの動きにシンクロし、喜悦を甘受しはじめている。

女の匂いが漂ってきた。

どうやら濡らしているらしい。電マの威力に舌を巻きながら、庄司は次の展開を考えた。ディスカウントストアのビニール袋から、極太のヴァイブを取りだした。イボイボがついたフォルムもエグければ、紫色に輝く色もおぞましい人工ペニスだ。

先端を割れ目にあてがい、挿入を開始する。クリトリスを電マで責めたてながら、じわり、じわり、と人工ペニスを咥えこませていく。

「んぐっ！　んぐっ！」

紀里恵はちぎれんばかりに首を振り、挿入を拒もうと腰を揺らす。だが、逃げることはできない。両脚はきっちりM字に縛りあげられ、ひとり掛けのソファに固定されているのだ。

庄司は興奮していた。

自宅で開いたホームパーティで、この女は舞香のことを無能なしもべ扱いしていた。それがいまや、このざまだ。世にも恥ずかしい格好を強要され、紫色のおぞましい極太ヴァイブを股間に突っこまれている。

根元まで挿入すると、ヴァイブのスイッチを入れた。膣の中で、蛇のようにうねりながら震えだした。電マによるクリトリス攻撃も、もちろん継続中だった。ふたつの振動が、女体を蝕《むしば》んでいる。電気ショックを受けたように、紀里恵は下半身を跳ねさせ、白い太腿を痙攣させる。

たまらなかった。

紀里恵はベッドの中でも、夫の和田を尻に敷いているらしい。女を虐《しいた》げるような屈辱的なプレイなど、決して許さないに違いない。しかし、一方の和田はベッドで王のように君臨したい男だった。女を縛りあげ、オルガスムスを与えることで屈服させることに、たとえようもない満足感を覚えるタイプだった。

紀里恵との夫婦生活では、そんな満足感が得られなかったのだろう。おかげで欲望の捌《は》け口が、舞香に向かった。つまり、舞香があんな眼に遭わされた責任の一端は、紀里恵にもあるのだ。この女が和田のイカれた欲望を満たしてやりさえすれば、舞香が狙われることなどなかったのである。

「んぐっ！　んぐっ！」

紀里恵は紅潮した美貌をくしゃくしゃに歪めながらも、電マとヴァイブの刺激に翻《ほん》弄《ろう》されきっていた。腰の動きはいよいよエロスの領域に足を踏み入れ、首筋にも腋窩《えきか》にも内腿にも、甘ったるい匂いのする発情の汗が浮かんできている。ヴァイブを軽く抜き差しすれば、汁気の多い肉ずれ音がたち、奥の奥まで濡れていることを伝えてくる。

この女はもう少しでイクだろう。

一度イケばおとなしくなるような気もするが、簡単にイカせてしまうのが悔しくもある。

気持ちをよくするためのレイプではないのだ。

舞香はもっとひどい目に遭った。嫌悪しているプレイを強要され、とことん性奴隷に堕とされて、最後には夫である自分の目の前で犯された。

熨斗《のし》をつけて返してやらなければならない。

紀里恵にも……。

そしてもちろん、和田にも……。

庄司はディスカウントストアのビニール袋を探った。ピンクローターが出てきた。都合よく、三つある。ふたつをガムテープで乳首に貼りつけ、スイッチを入れた。紫色のヴァイブが刺さったままの股間を懐中電灯で照らすと、あふれた蜜が垂れて、後ろのすぼまりに溜まっていた。

ローションは必要なさそうだった。

三つ目のローターをアヌスに突っこみ、スイッチを入れた。

「んぐうううううーっ！」

紀里恵が眼を剝き、鼻奥で悲鳴をあげる。いささかリアクションが早い。派手に泣きわめくのは、電マによるクリトリス責めを再開してからにしていただきたい。トドメを刺すように、振動する電マのヘッドを女の急所にあてがった。

「んぐっ！　んぐっ！　んぐうううううーっ！」

紀里恵はほとんど半狂乱になり、ジタバタと暴れだした。緊縛された不自由な身をよじり、髪をざんばらに乱して泣き叫んだ。

乳首とアヌスにローター、膣にヴァイブ、そしてクリトリスに電マと、四点責めだ。これはきつそうだった。

さすがの和田も、舞香をここまで責めてはいないだろう。

そう思うと、電マを操る右手に熱がこもる。恥毛の奥に隠れたクリトリスに、震えるヘッドをぐりぐりと押しつけていく。重振動が、ヴァイブの動きにシンクロする。乳首とアヌスを責めている三つのローターの振動も巻きこんで、女体をめちゃくちゃに翻弄していく。

「んぐうううううーっ！」――

紀里恵の体が、のけぞった状態でこわばった。二、三秒こわばり続け、次の瞬間、ビクンッ、ビクンッ、と腰を跳ねあげた。

イッてしまったらしい。

ならば続けざまにイカせまくるしかない。

いったん愛撫の手を休め、余韻を噛みしめさせてやるようなやさしさは、必要なかった。

庄司は執拗にクリトリスを責めた。

二度目のオルガスムスはすぐに訪れた。

立てつづけの絶頂に、紀里恵は抵抗できなくなった。

もはや、意思とは関係なく訪れる激しい痙攣に、身をあずけていることしかできない。眉間に深々と縦皺《たてじわ》を刻んだいやらしすぎる表情で、エクスタシーの嵐にさらされているしかない。

5

紀里恵の口に貼られているガムテープを剝がした。

「ゆっ、許してっ……」

口を開いた瞬間、大量の涎が垂れた。眼は赤く腫れ、頬は涙に濡れて、声は無残に掠れている。

「もう許してっ……許してくださいっ……」

殊勝《しゅしょう》に許しを乞うのも、当然と言えば当然だった。彼女はすでに、十回以上イッていた。庄司も十回を目指して、オルガスムスの回数をカウントしていたのだが、途中からはイキっぱなしの状態になり、正確にカウントすることもできなくなった。

「こっ、これ以上イカされたらっ……こっ、壊れますっ……おかしくなっちゃいますっ……お願いですから許してくださいっ……」

その表情にはもう、年上の夫を尻に敷いている高慢さも、オフィスで幅をきかせているお局さまの威厳も、まったく感じられなかった。

庄司は女の割れ目からヴァイブを抜いてやった。アヌスからはローターを抜き、左右の乳首に貼りつけたローターもはずした。

紀里恵は心底ホッとした表情で、安堵の溜息をもらした。

だが、安心するのはまだ早い。

庄司はいよいよ、T字剃刀を取りだした。蜜に濡れてしんなりしている草むらに、シェービングクリームを塗りつけた。

「いっ、いやっ！」

紀里恵はひきつった声をあげたが、

「じゃあ、もう一度こっちにするか？」

庄司がヴァイブを手にすると、顔をそむけて唇を噛みしめた。イキまくり地獄に戻るよりはまだましだと、諦めがついたらしい。

恥毛を剃り落とした。

割れ目のまわりまで細かい繊毛がびっしり生えているので、意外に手間がかかったが、すべてを剃り落とした光景は、予想を超えて壮観だった。

剝きだしになった女の割れ目の卑猥さは筆舌に尽くしがたく、とても人間の体の一部には見えない。ましてや紀里恵のようなクールビューティであれば、美貌を台無しにするくらいのインパクトがあった。

割れ目を指でひろげると、つやつやと濡れ光る薄桃色の粘膜が先ほどよりよく見えた。クリトリスの所在もあきらかだった。包皮を剝いてやると、小粒の真珠のような全貌が露わになり、可愛らしく身震いした。

「たっ、助けてっ……」

紀里恵が声を震わせる。

「おっ、お金ならっ……お金なら用意しますっ……一千万でも、二千でも渡せますからっ……だからもう、これ以上はっ……」

「……あんたの家は資産家かい？」

庄司はとぼけて訊ねた。

「夫がっ……夫が貯金魔なんですっ……独身のころからコツコツ貯めて、それを全部わたしにくれるっていうから、結婚したんですっ……だから、お金なら渡せるんですっ……」

胸底《きょうてい》で苦笑がもれた。なるほど、和田が貯金魔だという話はいかにもありそうだった。そして、それを餌《えさ》に美しいお局をものにしたというのも……。

いじらしいと言えば、いじらしい話だった。

しかし、和田がそこまで紀里恵に惚れこんでいるとなれば、なおさら助けてやるわけにはいかない。

庄司はウエットティッシュでシェービングクリームの残滓《ざんし》を拭った。

指でひろげるのをやめても、アーモンドピンクの花びらはだらしなく口を開いたままで、ウエットティッシュで拭っても拭っても、奥から蜜があふれてくる。

まだ余韻が残っているのだ。

ローター、ヴァイブ、電マの振動三重奏で、十回以上イカされたのだ。膣の奥はまだ熱く疼き、クリトリスの敏感さはおさまっていないはずだった。

庄司はあらためてクリトリスの包皮を剝いた。頬をひきつらせている紀里恵を上目遣いで見つめながら、ダラリと舌を伸ばした。

「はっ、はぁあああああーっ！」

舌先でクリトリスを舐め転がしてやると、紀里恵は真っ赤になってのけぞった。生温かい舌の感触は、電マの重振動とはまったく違う。つまり、新鮮な刺激になって女体を翻弄するだろうという予想は、どうやらあたったようだった。

ねちねち、ねちねち、とクリトリスを舐め転がすほどに、紀里恵は緊縛された不自由な体をよじった。

「ああっ、いやっ……いやいやいやいやっ……」

うわごとのように言いつつも、確実に感じていた。クリトリスを舐めながら割れ目の入口を指でいじってやれば、熱湯のような発情のエキスがあとからあとからこんこんとあふれてきた。

指の刺激もまた、ヴァイブとは似て非なるものだろう。ドロドロの肉洞に指を沈め、めちゃくちゃに掻きまわした。淫ら極まりない肉ずれ音がたち、紀里恵が羞《は》じらう。羞じらいつつも感じてしまう。

庄司は膣に埋めた指を鉤《かぎ》状に折り曲げ、上壁の窪《くぼ》みを探った。Ｇスポットをぐりぐりと刺激しながら、クリトリスを舐め転がした。音をたてて吸いたて、甘噛みまでしてやった。

「ダ、ダメッ……ダメえええっ……」

紀里恵が切羽つまった声をあげる。

「そっ、そんなのダメッ……そんなにしたらっ……」

あきらかにイキたがっていた。みずから腰をくねらせ、オルガスムスへの階段を駆けあがっていこうとしていた。

だが、あと数秒で絶頂に達するというところで、庄司はクリトリスを舐めるのをやめ、膣からも指を引き抜いた。

「あああああっ……」

紀里恵がもらした悲鳴は、やるせなさに満ちていた。オルガスムスを逃したつらさに、全身をよじらせて身悶えた。

「これ以上イカされたら、壊れちゃうんだろ？」

庄司は意地悪く言い放つ。

「ううう……」

紀里恵は悔しげに顔をそむけたが、すぐにビクンとした。庄司の右手が、アヌスをいじりはじめたからだ。くすぐるように刺激してやると、

「あぁっ、いやっ！　いやようっ！」

紀里恵はM字開脚で露わになった股間を、あられもなく上下させる。もちろん、そ

んなことをしたところで刺激からは逃れられない。アヌスからヴァギナ、ヴァギナからアヌスといじる指先を行き来させていると、再び淫らがましく身をよじりはじめた。つらそうに眉根を寄せ、なにかをこらえるように唇を噛みしめながらも、オルガスムスへの欲望は隠しきれない。

庄司は再び女の割れ目に指を差しこんで、Ｇスポットを刺激しはじめた。今度は押しあげるだけではなく、鉤状に折り曲げた指を抜き差ししてやる。じゅぽじゅぽ、じゅぽじゅぽ、と卑猥な音がたつ。奥に溜まった蜜を掻きだすように指を使い、そうしつつ左手で電マをつかむ。

「ダッ、ダメッ……それはダメッ……」

紀里恵の顔がひきつった。

庄司はかまわず、スイッチを入れて電マのヘッドをクリトリスに押しつけた。

「ひっ、ひいいいーっ！　ひいいいいいーっ！」

生温かい舌で、たっぷりとねぶったあとだった。しかも、先ほど電マで責めていたときは、クリトリスが豊かな恥毛にガードされていたのに、いまは剝き身である。欲情しすぎてみずから包皮を剝ききった真珠肉に、電マの重振動が直接押しつけられたのである。

「ああっ、イッちゃうっ！　イッちゃううううーっ！」

一分と経たないうちに、紀里恵は真っ赤な顔で叫びだした。首に何本も筋を浮かべ、ツンツンに尖りきったあずき色の乳首を上下に揺らして、オルガスムスに駆けあがっていこうとする。

もちろん、そうはさせない。

再び絶頂寸前で刺激をとりあげ、やるせない悲鳴をあげさせた。そして、ひと休みすると、今度は舌先でクリトリスを転がした。電マと舌でかわるがわるクリトリスをいたぶり、寸前でやめるというのを三セットほど繰り返し、焦《じ》らし抜いた。

紀里恵は汗みどろだった。

空調のない廃ビルの中は涼しいくらいなのに、サウナに入っているように汗だくになっている。

発情の汗だった。涙も涎も膣からあふれる蜜も、女体が限界まで欲情しきっていることを伝えてきた。

「おっ、お願いしますっ！」

ついに紀里恵はすがるような眼を向けてきた。

「イッ、イカせてくださいっ……お願いだからイカせてええええっ……」

庄司は無言のまま、ポケットからスマートフォンを取りだした。持っていてよかった。歩数計のアプリを使い、ウォーキングの際の万歩計がわりにしているのである。

動画の録画スイッチを押し、レンズを紀里恵に向けた。女の恥部という恥部をさらした紀里恵が、泣きそうな顔になる。

「もう一度言ってみろよ」

低く、静かに言った。

「どうしてほしいのか、はっきりと」

ここでなにを撮影しようとも、それを和田に見せることはできない。証拠が残るようなことは厳禁だと、クロガネに言い渡されている。

しかし庄司には、別の思惑があった。ただ和田の妻をレイプするだけで、気がすむわけがなかった。和田をもきっちり地獄に堕とすための、極秘作戦だ。

「どうした？　言えないのか？」

右手でスマホを構えつつ、左手でヴァイブをつかんだ。スイッチを入れ、可哀相なくらい尖りきっているあずき色の乳首を刺激してやる。

「あああっ……はぁあああっ……」

紀里恵が身をよじる。イキたくてイキたくてしかたがなくても、乳首への刺激ではイクことはできない。けれども、乳首を刺激されていれば、オルガスムスを忘れることもできず、欲情しきった五体をもてあます。甘ったるい匂いのする生汗を、体中から噴きださせる。

「そーら」

一瞬だけ、ヴァイブのヘッドをクリトリスにあてた。

「あうっ！」

紀里恵はビクンとして、釣りあげられたばかりの魚のように、ひとり掛けのソファの上でのたうちまわる。五体の肉という肉を激しいばかりに痙攣させ、むせび泣きながら息をはずませる。

庄司は焦らなかった。

クロガネたちが出ていってから、そろそろ一時間。持ち時間は、まだ二時間も残っている。そのすべてを使って、紀里恵を焦らしつづけてもいい。生殺し地獄でいたぶり抜いてやってもいい。

振動しながらくねっているヴァイブを、内腿にあてた。ヒップにもあててやった。乳首と違って、そこからなら振動が、かすかに膣にも届きそうだった。包皮から完全に顔を出しているクリトリスが、刺激を求めてぷるぷる震えている。恥毛がないから、その様子がつぶさにうかがえる。

一瞬、クリトリスにヴァイブをもっていこうとするが、フェイントだ。身構えていた紀里恵の美貌が、くしゃくしゃに歪む。真っ赤になって首に筋を浮かべながら、すがるように見つめてくる。

いい顔だった。

この動画を思春期の少年に見せてやれば、一日中でも自慰に耽《ふけ》っていることだろう。

「……イッ、イカせて」

か細く震える声で、紀里恵が言った。ついに我慢の限界を超えたらしい。なにを動画に撮られようが、それを使って脅し抜かれることが容易に想像できようが、オルガスムスを求めずにはいられなくなったのだ。

「聞こえないな」

庄司は不敵な笑みをもらした。

「もうダメッ……イカせてっ……」

「イカせてくださいだろ？」

「イッ、イカせてくださいっ……」

「なにをどうしてほしいんだ？」

ヴァイブを鼻先に突きつけてやる。紀里恵はもう、顔をそむけることもできない。

「そっ、それをっ……」

「ヴァイブを？」

「ヴァ、ヴァイブをっ……こっ、股間にっ……」

「股間じゃわからなん。もっとわかりやすい言葉があるだろう？」

「……いっ、言えないっ……言えませんっ！」

「ならイカせるのはおあずけだ」

庄司がニヤリと笑うと、

「ううっ……」

紀里恵はしたたかに身をよじって唇を噛みしめた。葛藤《かっとう》が伝わってくる。庄司がなにを言わせたいのかくらい、彼女はしっかりわかっている。

沈黙の中、ヴァイブの振動音だけが響く。

五秒、十秒、十五秒……額に脂汗をびっしりと浮かべている紀里恵には、一秒が一時間にも感じられるのではないか。

「オッ、オオオッ……オマンコッ！」

ついに叫んだ。紀里恵は泣いていた。号泣だった。

「オッ、オマンコにっ……オマンコにヴァイヴを入れてくださいっ！」

「ツルツルのオマンコだろっ！」

「ああっ、オマンコッ……ツルツルのオマンコに、ヴァイブを入れてっ……紀里恵のオマンコ、めちゃくちゃにかきまわしてっ……イッ、イカせてえええーっ！」

最後のほうは、声がひしゃげてなにを言っているのかわからなかった。ただイキたい気持ちだけが、ひしひしと伝わってきた。いまの彼女なら、オルガスムスを与えてもらうためになんでもするだろう。犬の真似をしろと言えば犬の真似をするだろうし、小便を飲めと言えば小便を飲むに違いない。

だが……。

庄司が彼女にさせたいことは、そんなつまらないことではなかった。

「イキたいのか？」

真っ赤に染まった耳に唇を近づけていく。

「イカせてやるには条件がある。なーに、簡単なことだ……」

条件を耳打ちしてやると、真っ赤に染まっていた紀里恵の顔からみるみる血の気が引いていった。

「わかったな。約束を破ったら、この動画が全世界に向けて公開されることになるぞ。おまえは一生、顔をあげて表を歩くことができなくなる」

「そっ、そんなっ……そんなあっ……」

紀里恵は庄司の出した条件に納得がいかないようだったが、庄司はかまわずヴァイブを蜜壺に突っこんだ
「はっ、はぁあうううううううーっ！」

紀里恵がのけぞって悲鳴をあげる。

「好きなだけ、イケばいいよ……そら、イキたいんだろう？　イキたかったら、イケばいい。そのかわり、約束を守れよ。約束を反故にしたら、おまえのイキ顔は、全世

界にさらしものだぞ」

「ああっ、いやっ……ああっ、いやあああっ……」

髪を振り乱して泣き叫んでも、紀里恵はヴァイブの刺激に呑みこまれていくしかない。したたかに抜き差ししながら、クリトリスも指でいじってやれば、もう拒絶の言葉を吐くこともできない。ただひいひいとよがり泣き、美貌を真っ赤に染めてオルガスムスに向かって駆けあがっていく。風船に空気が溜まっていくのを見守るように、庄司は爆発を期待して身構える。

「イッ、イクッ!」

ビクンッ、ビクンッ、と腰を跳ねあげて、紀里恵は絶頂に達した。女に生まれてきた悦びを嚙みしめているにもかからず、その姿には、落花無残という言葉がよく似合った。

第四章　誘う美熟の肌

1

紀里恵をレイプしてからひと月半が過ぎた。

偽装結婚が始まってからだと、二カ月が経ったことになる。

季節は夏が完全に過ぎ去り、秋も深まって、そろそろ冬の到来を予感させるようになった。

庄司は抜け殻のような気分で日々を過ごしていた。

偽装結婚のルーティンワークは、慣れてしまえば簡単なものだった。うんざりすることにもうんざりしていたので、頭の中をからっぽにして、流れるようにこなしていた。

自分はもう死んでいる……。

その思いは日増しに強くなるばかりで、いっそのこと早く殺してほしいと思うことさえしばしばだった。

「最近、少し飲みすぎじゃないですか？」

リビングのソファで飲んでいると、偽りの妻である華穂に言われた。たしかにその通りだった。夕食前の晩酌でビールを飲み、食事をしながら日本酒を飲み、ルーティンワークのウォーキングをしてから、本腰を入れてウイスキーを飲みはじめる。眠りに落ちるときはいつも、気絶するような状態だ。

だが、飲まずにはいられない。これが余生と思ってみれば、酩酊《めいてい》する以外に為《な》すべきことなど考えられない。

「わたしも一杯いただいてよろしいでしょうか？」

華穂がグラスを持ってきたので、庄司は軽く驚いた。彼女が飲むところを見たことがなかったからだ。

「いただきます」

自分のグラスにウイスキーを注ぐと、乾杯もせず飲んだ。ストレートなのに、表情は変わらない。

家の中の彼女は、相変わらずだった。出会った日と少しも変わらない無表情で、庄司に接してくる。よけいな口はきかない。庄司にしてもそうだった。なるべく関わりをもたないようにしていた。

しかし、二カ月もひとつ屋根の下で暮らしていれば、情のようなものが芽生えてくるものだ。

華穂はいい女だった。

容姿がとびきりなのはもちろんのこと、手料理は旨いし、家の中の掃除は行き届いている。洗い物をしていたり、アイロンをかけていたり、そういう細々とした日常の所作《しょさ》がいちいち凜としていて、窓辺に飾られた生花以上に部屋に華やぎを与えている。

そのくせスポーツウエアもよく似合い、彼女とふたりでウォーキングをしていると、道行く男たちによく振り返られる。中高年以上の男なら確実だ。おそらく彼女が、絵に描いたような理想的な妻に見えるのだろう。いくらスポーツウエアが似合っても、彼女がみずから率先してウォーキングしているのではなく、夫の健康を慮《おもんぱか》って付き合っているようにしか見えないからだ。

理想的な妻――その点については、庄司も異論はない。二カ月一緒に暮らしても、ボロが出ない。偽装結婚という枠組みで演技をしていることを差し引いても、そう思う。

ただ……。

彼女がいい女であればあるほど、理想的な妻に見えれば見えるほど、わからないことが出てくるのも、また事実だった。

なぜクロガネのような男と接点をもち、偽装結婚などに手を貸しているのか……。この先になにがあるのか知らされていない、という可能性も考えた。だが、聡明な彼女が気づかないわけがない。クロガネのように悪の匂いをぷんぷんさせている男が仕切っている偽装結婚が犯罪に結びついていることくらい、見抜けないはずがない。そもそも華穂はなにも知らずにここにいるわけではなく、クロガネの右腕として庄司に指示を出しているのだ。

となると……。

いちばんあり得そうな線は、彼女がクロガネの女だということだ。異性の庄司には理解できないことだが、あの手の男に惹かれる女は少なくないらしい。極道の妻だって、すこぶる美人だと相場は決まっている。凛とした女ほど、激しいセックスに弱いのかもしれない。クロガネは、いかにもサディスティックなセックスを好みそうな男だ。

「たまに飲むとおいしい……」

華穂は独りごちるように言うと、空になったグラスにウイスキーを注いだ。

「強いんですね」

「そうでもないです」

華穂は横顔を向けたまま言った。

「わたし、すぐ顔が赤くなるし、胸がドキドキしてくるから、アルコールは苦手なんです……でも、最近よく眠れないから……ちょっと飲んでみようかなって……」

二杯目のウイスキーを口に運ぶと、彼女の頬はピンク色に染まってきた。にわかに色香が匂った。

庄司は、眠れない理由を質《ただ》してみようとは思わなかった。話がおかしな方向に転がっていくことを恐れたからだ。

このところ、華穂は扇情的なネグリジェ姿を披露することがなくなった。あのネグリジェは、あきらかに誘惑のためのコスチュームだった。おそらく、庄司をこの家に縛りつけておくために、彼女は体を与えてこようとしたのだ。

誘惑に乗らなくてよかったと、つくづく思う。

華穂のような美女を抱けば、この世に未練が残ってしまうと、あのときは思ったし、いまも思っている。それに加え、彼女がもし、本当にクロガネの女だったとしたら空恐ろしい。自分の女を他人に抱かせようという男にも、男のために体を投げだそうという女にも、おぞましさを覚える。

もちろん、それは自分に対するおぞましさだ。愛妻をゲス野郎に抱かせてしまった罪の意識がそう思わせる。たかが仕事、たかが会社のために、いったいなんということをしてしまったのだろう……。

「わたし……」

華穂が立ちあがった。

「お風呂に入って休みます」

「ああ……」

庄司は顔を向けずにうなずいた。バスルームに向かっていく華穂の後ろ姿をぼんやりと見送りながら、ウイスキーを喉に流しこむ。

にわかに落ち着かなくなった。

このところいつもそうだった。

酒を飲まなければ眠れないが、飲んでも飲んでも日に日に眠りが浅くなっていく。アルコールに対する耐性ができてしまったのだろう。気絶するように眠りに落ちているはずなのに、熟睡の手前で意識が踏みとどまってしまう。起きているのに夢を見ているような嫌な感じで、夢はいつだって悪夢だった。

朦朧《もうろう》としながら、思いだしたくない記憶がふつふつと脳裏に浮かびあがってきて、再び体を起こして酒を飲むはめになる。

以前なら、そういうときに決まって頭に思い浮かべる妄想があった。

復讐だ。

妻を寝取られた仕返しに、和田が大切にしている紀里恵を犯し抜くところを想像し、溜飲をさげていた。現実世界ですべてを失った庄司にとって、妄想だけが娯楽であり、救いだった。

しかしいまは、紀里恵のことなど思いだしたくもない。

妄想ではなく、現実の記憶が脳裏に刻まれているからである。

復讐はすでに成し遂げられたのだ。

クロガネの協力により、紀里恵を拉致監禁して好き放題にいたぶってやった。

『ああっ、オマンコッ……ツルツルのオマンコに、ヴァイブを入れてっ……紀里恵のオマンコ、めちゃくちゃにかきまわしてっ……イッ、イカせてええええーっ！』

クールな美貌を真っ赤に染め、欲情の涙を流しながら訴えてきた紀里恵のことを思いだすと、いても立ってもいられなくなる。庄司のスマートフォンには、そのときの動画が残っている。見れば興奮する。自慰をせずにはいられなくなる。

だが……。

紀里恵を思いだしてひとり射精を遂げたあとの暗い気分は尋常ではなく、いますぐこの首をかっ切ってくれ、と叫び声をあげたくなるのだ。

できることなら、レイプしてしまったことさえ忘れてしまいたかった。タイムマシーンがあるならば、あのときの自分をぶん殴ってでもレイプをとめたかった。

あれは復讐であり、仕返しだった。やられたことをやり返しただけのつもりだった。

しかし、復讐したことによって自分もまた、和田と同じゲス野郎になってしまったのだ。おぞましかった。妄想しているうちは救いになっても、現実に行ってしまえば、救いがたい自己嫌悪にやりきれなくなった。やりきれなくなっているくせに、紀里恵の痴態を思いだして勃起している自分に吐きそうになる。

逃避が必要だった。

もはや酒だけでは、救いがたい自己嫌悪から逃れられなかった。

ソファから立ちあがると、足音をたてないように注意しながら、バスルームに向かった。

この家のバスルームは、脱衣所と洗い場の仕切りがガラスだった。脱衣所の扉は引き戸で、鍵がかからない。つまり、ほんの一、二センチ引き戸を開けるだけで、洗い場にいる女の裸を拝むことができるのである。

引き戸を開け、中をのぞいた。

シャワーを浴びている華穂の背中が見えた。肌の色が白かった。舞香のようなミルク色ではなく、抜けるように白い。曇りひとつなく、シャワーの湯によってところどころピンク色に上気しているのがセクシャルだ。三十路《みそじ》を迎えているのに肌に艶も張りもあり、湯玉をはじいている様子がエロティックだ。

スタイルもいい。蜜蜂のようにくびれた腰から、ボリュームあるヒップへのS字カーブが圧倒的だった。顔立ちが清楚なわりには尻の双丘がやけに豊満で、そのギャップがそそる。バックスタイルで突きあげれば、パチン、パチンといい音を鳴らしそうである。

庄司はゴクリと生唾《なまつば》を呑みこみ、ベルトをはずした。ズボンのファスナーをさげ、勃起しきったイチモツを取りだした。

熱い脈動を刻んでいる肉棒を握りしめると、すぐに頭の中は淫らな妄想に占領されていった。

華穂の抱き心地を思い浮かべてみる。バックだけでなく、騎乗位でも正常位でも腰を振りあっているところを想像すれば、男根をつかんだ右手に力がこもる。見知らぬ男をネグリジェ姿で誘惑し、あまつさえクロガネのようなアウトローの情婦であることを考えると、とびきりの床上手に違いない。抱けば天国、めくるめく快楽に溺れられることは間違いなく、男に生まれてきた悦《よろこ》びを嚙みしめることができるだろう。

先走り液があふれた。

酔っているのに男根の硬さは鋼鉄のようで、すぐにでもフィニッシュに至れそうだ。

他人の女の裸をのぞき、自慰をして射精——馬鹿なことをしている自覚はあった。

それでも、自慰をしている間だけは、自己嫌悪から逃れられる。射精をして眠りにつけば、悪夢にも似た紀里恵のあえぎ顔が脳裏をよぎっても、そわそわと落ち着かなくなることはない。

もはや日課になっていた。

この命が尽きるまで、庄司の汚れた魂を救うものはきっと、華穂の美しいヌードしかない。

この命が尽きるまで……。

2

復讐は遂げられた。

この世に未練など、もうなにもない。

ひと月半前、庄司はたしかに紀里恵を犯した。舞香を寝取った憎っくきゲス野郎の妻を、寝取り返してやった。

『ああっ、オマンコッ……ツルツルのオマンコに、ヴァイブを入れてっ……紀里恵のオマンコ、めちゃくちゃにかきまわしてっ……イッ、イカせてえぇーっ！』

半狂乱で哀願する紀里恵を、庄司はきっちりとイカせてやった。望みどおり、ヴァイブを蜜壺に突っこみ、したたかに抜き差しして、口から涎《よだれ》があふれるほどオルガスムスを味わわせてやった。

「……か、かはっ！」

絶頂をむさぼり抜くと、紀里恵は滑稽《こっけい》な声をもらして全身を弛緩させた。それでも、しばらく痙攣がとまらなかった。五分以上、ぶるぶるっ、ぶるぶるっ、と震えつづけていたのではないだろうか。

その様子を、庄司は息を呑んで眺めていた。手のひらが汗でヌルヌルしてしようがなかった。ヴァイブを置き、スマートフォンをポケットにしまって、手のひらの汗をズボンで拭った。目出し帽の中も汗まみれになっていたが、それを拭うのはこの部屋を出てからだ。

復讐は遂げられた。

これ以上の辱めは、もはや必要なかった。イカせる前に紀里恵に耳打ちした約束を、彼女が守ればそれで終わりだ。クロガネに迷惑をかけずに、和田を地獄に堕としてやることができる。

しかし……。

オルガスムスの余韻でいつまでも震えている紀里恵を眺めているうちに、気が変わった。紀里恵を抱きたくなった。余韻に身悶えている姿が、いやらしかったからだけではない。エクスタシーを焦らしに焦らされ、卑語まで口にした彼女の残像が、まだ脳裏にありありと残っていたが、それだけのせいでもない。

紀里恵の眼つきが変わっていた。

ねっとりと蕩《とろ》けた瞳で、すがるように、甘えるように、こちらを見ていた。男に支配された女の顔だった。高慢な課長夫人でも、生意気なお局さまでもなく、彼女はいま、ただ一匹の獣の牝だった。

可愛かった。

自分の前で、獣の牝になる女を嫌う男はいない。もっと感じさせてやりたくなる。もっと支配してやりたくなる。ほんの一瞬とはいえ、庄司は紀里恵に恋をしてしまったのだろう。錯覚であっても、恋は恋だ。彼女が欲しくなった。電マなど使わず、おのが男根でひいひい言わせてやりたくなった。

クロガネに与えられた持ち時間は、まだ充分に残されていた。

庄司は紀里恵を拘束《こうそく》しているロープをといた。後ろ手に縛ったガムテープはそのままにしたが、ひとり掛けのソファに固定された状態から自由にした。

腕を取って立ちあがらせた。

荒淫のダメージで紀里恵はよろめき、あまつさえハイヒールまで履いていたので転びそうになった。

庄司は抱擁で彼女の体を受けとめた。

唇を重ねた。

紀里恵の口の中は大量の唾液にあふれ、吐息がひどく熱かった。舌をからめあわせると、彼女も応えてくれた。ますます瞳を蕩けさせ、ともすれば庄司より熱烈に舌を吸ってきた。

彼女にしても、倒錯的な刹那《せつな》の恋に落ちていたのかもしれない。そう思ってしまうほど情熱的なキスだった。

庄司は彼女の肩をつかみ、しゃがませた。ベルトをはずし、ズボンのファスナーをさげ、勃起しきった男根を取りだした。

紀里恵は一瞬、怖じ気づいたように眼を逸らしたが、するべきことはわかっているようだった。両手は背中で拘束されているので、いきなり咥えてくるしかない。ずっぽりと喉奥まで咥えこみ、ゆっくりと唇をスライドさせはじめた。

「むううっ……」

庄司は紀里恵の頭を両手でつかみ、腰を反らした。決して上手なフェラチオではなかった。ベッドでも夫を尻に敷いている彼女は、口腔奉仕などしないのだろう。だが、慣れていないぶんだけ初々しい。舐め顔を凝視されることを羞じらいながらも、健気に舌と唇を使って奉仕してくる。

たまらなかった。

もともと容姿だけには恵まれているクールビューティなのだ。その彼女がおのが男根を咥えこみ、両手が使えない不自由さにも負けず情熱的に舌と唇を使ってくれている。

ベッドに移動した。紀里恵をあお向けに寝かせ、両脚をＭ字に割りひろげた。剃毛《ていもう》したばかりの白い恥丘がまぶしかった。

「んんんっ……」

男根の切っ先を濡れた花園にあてがうと、紀里恵の顔はこわばった。いよいよ一線を越える緊張感に、身をすくめた。

それでも、瞳は蕩けきったままだった。すがるように、甘えるように、こちらを見てきた。

庄司は息を呑み、腰を前に送りだした。痛いくらいに硬くなった男根を、紀里恵の中に沈めこんだ。剃毛されているので、アーモンドピンクの花びらを巻きこんで亀頭が埋まっていく様子を、つぶさに眺めることができた。浅瀬で小刻みに出し入れすれば、花びらがカリでめくられ、また巻きこまれていく、いやらしすぎる光景が拝めた。

「んんんっ……んんんっ……」

紀里恵が身悶えながら、祈るような表情でこちらを見てくる。はやくトドメを刺してほしいと願うように……。

ならば、と庄司は腹筋に力をこめ、ずんっ、と最奥まで突きあげた。

「あううーっ！」

紀里恵はしたたかにのけぞって声をあげた。庄司は上体を被せ、彼女の体を抱きしめた。抱きしめると、結合がより深まったような気がした。

あえいでいる紀里恵の口にキスをする。舌をからめあいながら乳房を揉み、あずき色の乳首をいじってやれば、紀里恵のほうが先に腰を動かしはじめた。

かなりの好き者らしい。

いや、おそらく庄司が、そうしたのだ。ここまでの暴力的な愛撫で、獣の本性を解き放ったのだ。

彼女を愛している和田は、愛しているがゆえに乱暴なことができない。庄司もそうだった。愛しているがゆえに、舞香にはオーラルセックスすら求めることができなかった。

しかし、舞香はクリトリスを舐められて感じていた。紀里恵もまた、屈辱的なオモチャ攻撃でイキまくり、連続オルガスムスの果てにレイプ犯の男根を受け入れて、みずから腰まで動かしている。

哀《かな》しいことだが、セックスは時に愛を裏切る。

愛していないがゆえに激しいプレイが可能となり、快楽が高まるという理不尽なパラドックスが、庄司を興奮させ、紀里恵を欲情させせている。

「むううっ……」

庄司はいよいよ、腰を使いはじめた。まずゆっくりと抜き差ししようと思っていたのに、十秒後には本格的に腰を振りたてていた。

「ああっ、いいっ！　いいっ！」

腕の中で、紀里恵が身をよじる。眉間に深々と縦皺を刻み、蕩けきった瞳でこちらを見つめながら、あえぎにあえぐ。

「すっ、すごいっ……すごいっ……こんなのっ……こんなのわたしっ……こんなの初めてえええーっ！」

後ろ手に拘束された不自由な体を弓なりに反らせ、紀里恵は快楽の海に溺れていく。こんなの初めてという彼女の言葉は、嘘ではないと思った。男根を食い締めてくる蜜壺の吸着力が、なによりの証《あかし》だった。

庄司は夢中で腰を振りたてた。

愛していないがゆえに興奮し、突きあげる衝動は留まるところを知らない。紀里恵のことは、むしろ憎んでいると言っていい。憎っくきゲス野郎の妻であり、彼女自身もまたゲスだ。ホームパーティに招いたときの、舞香を侮辱した態度は決して許されるものではない。

なのに燃えてしまう。

燃え狂って腰を振りたててしまう。

「ああっ、ダメッ！　もうダメえええええっ……」

紀里恵が切羽つまった声をあげた。

「もうイキそうっ……もうイッちゃうっ……」

目出し帽を被った正体不明の男に犯されているにもかかわらず、紀里恵はこれ以上なく浅ましい表情を披露して、オルガスムスに駆けあがっていこうとしている。

庄司にも限界が迫っていた。息をとめ、怒濤《どとう》の連打を送りこんでいくと、

「あああっ！」

紀里恵は総身をのけぞらせた状態で、きつくこわばらせた。

「イッ、イクッ……イクイクイクッ……はぁああああああああーっ！」

獣じみた悲鳴をあげて、絶頂に達した。暴れる彼女を抱きしめて、庄司は突いた。

きつく食い締めてくる蜜壺《みつつぼ》の感触が、気が遠くなりそうなほど気持ちよく、頭の中を

真っ白にして、突いて突いて突きまくった。

もう我慢できなかった。

最後の一打を大きく打ちこむと、反動を利用して男根を引き抜いた。膝立ちになって、紀里恵の頭をつかんだ。彼女自身が漏らした蜜でドロドロになり、湯気さえたてそうな男根を、その口唇に突っこんだ。放心状態に陥《おちい》っていた紀里恵は眼を白黒させて驚いたが、かまっていられなかった。

「むううっ！」

頭を揺さぶり、腰までぐいぐい振りたてて、口唇を犯した。顔ごと凌辱するような勢いで連打を浴びせ、首にくっきりと筋を浮かべる。

「でっ、出るっ……出るぞっ……」

唸るように言った瞬間、欲望が決壊した。体のいちばん深いところで、ドクンッと震えが起こり、男根の芯に灼熱《しゃくねつ》が走り抜けていった。

「すっ、吸ってっ……吸ってくれっ！」

喜悦に顔を歪めながら絶叫し、しつこく腰を振りたてた。ドクンッ、ドクンッ、と男の精を放出するたびに、紀里恵は吸引してくれた。中出しの心地よさとはまた違う、痺れるような快感に全身が打ちのめされた。恥ずかしいほど身をよじりながら、庄司は長々と射精を続けた。夢心地と呼ぶには、その快感はあまりにも生々しく、衝撃的なものだった。

すべてを吐きだすと、マットの上に大の字になった。

紀里恵もあお向けで倒れたまま、脚を閉じることさえできない。

お互いに呼吸をはずませながら、余韻に浸った。

吸われながら吐きだす射精の快感は、痛烈としか言いようがなかった。

それは間違いないのだが、いま行われたのは愛のないセックスであり、レイプの延長だった。

余韻が引いていくと、胸のうちに冷えびえとしたものを感じずにはいられなかった。

我を忘れるほど燃え狂ってしまった反動は大きく、深い自己嫌悪に陥った。

おそらく、紀里恵もそうだったに違いない。

3

それからひと月半――。

庄司は抜け殻のようになり、入浴中の華穂のヌードをのぞくことだけを生き甲斐に、余生を淡々と生きている。

ある晴れた日のことだ。

「すいません、ちょっとコンビニまで行ってきます」

庄司はそう言ってH＆A会計事務所のオフィスを出た。声をかけた相手は、禿げ散らかした頭髪に分厚いメガネの中年男だ。オフィスの責任者らしいが、名前も肩書きも知らないので、庄司は内心で勝手に「室長」と呼んでいる。

仕事を抜けだしたのは、あるところに連絡するためだった。

過去の人間関係へのアクセスはクロガネに禁じられているので、履歴の残るスマホではなく、公衆電話でこっそりかける必要があったのだ。

相手は二十代のころの同僚で、掛居《かけい》という。

いまでも和田の勤めている会社で働いている男だ。自分のスマホは捨ててしまったので、個人の番号はわからなかったが、会社の番号は調べればすぐにわかった。

「もしもし、総務の掛居さんをお願いします。私……」

涼しい声で偽名を名乗り、取り次いでもらった。

「悪い、俺だ。庄司だよ」

掛居が出ると、くだけた口調で言った。親友、というわけではない。仕事上の深い関わりがあったわけでもないが、掛居という男は異常な吝嗇家《りんしょくか》で、むっつりすけべだった。裏ＤＶＤやアダルトゲームをコピーして渡してやるような関係が、庄司が会社を辞めてからも続いていた。格安フーゾクを奢《おご》ってやったこともある。要するに、近くもないが遠くもない存在で、会社の秘密情報を握りやすい総務部にいる情報源というわけだ。

「どうしたんですか、会社の電話に。携帯にかけてくれればいいじゃないですか」

掛居はひどく迷惑そうに言った。庄司が会社を畳んでしまったことは、すでに耳に届いているようだった。

「いま番号がわからないんだ。かけ直すから教えてくれ」

「はあ……」

教わった番号に電話をかけ直した。風の音が聞こえたから、外にある非常階段にでも場所を移したのだろう。庄司にとっても好都合だった。

「庄司さん、会社を畳んでしまったんですって？　もうひと月以上前に……」

「ああ、でも、いま電話したのは、仕事の話じゃないんだ」

「なんです？」

庄司は掛居に聞こえないように、深呼吸をひとつした。

「営業第一課長の和田、あいつ、最近どうしてる？」

「和田さんなら……」

掛居は困惑気味に言葉を継いだ。

「いま休職中ですよ」

「いつから？」

「二週間くらい前ですかね」

「理由は？」

「それは……ちょっと……いくら庄司さんでも……」

「言ってくれよ。守秘義務のある個人情報かもしれんが、俺から人にもれることは絶対にない。約束する」

「そう言われても……」

「頼む、言ってくれ」

庄司は低く声を絞った。

「その情報をどうこうしようってわけじゃない。ただ知りたいだけなんだ。絶対に口外はしない」

「……お願いしますよ」

「ああ」

「心療内科の診断書を提出されました。鬱《うつ》病です」

「なぜ鬱に？」

掛居は答えない。

「離婚だろ？」

庄司は言った。

「嫁に三行半《みくだりはん》を突きつけられて、心労のあまり鬱発症ってことだろ？」

「誰に聞いたんです？」

庄司は答えない。

「まあ……」

掛居は深い溜息をついた。

「社内じゃ公然の秘密ですから言っちゃいますけど、そうですよ。三行半かどうかまでは知りませんけどね。ただ、離婚が引き金になって心を病《や》んでしまったのは、間違いないところなんじゃないでしょうか」

「落ちこんでたか？」

「はっ？」

「和田の野郎、お局にフラれて落ちこんでたか？」

「どうしたんですか、いったい……」

掛居はもう一度深い溜息をついた。

「庄司さん、そんなふうに人の不幸を嘲笑《あざわら》うような人でしたっけ？」

「あいつは特別なんだ……」

庄司は笑いながら言った。

「あいつのせいで、うちの会社は潰されたんだ。あいつが発注担当になってから、仕事を出し渋られて……」

「それにしても……」

「まあ、そうだな……」

庄司はうなずいた。これで復讐は完遂された。なにも知らない掛居のような男と、これ以上話をしていてもしかたない。

「おかしなことを訊いて悪かったな。また今度埋め合わせするよ」

そう言って、電話を切った。埋め合わせをする機会など、おそらく訪れることはないだろう。しかし、そんなことはどうでもよかった。

和田と紀里恵は離婚し、和田は病《やまい》に臥《ふ》せっている——その事実だけで、小躍りしたいほど嬉しかった。足元から歓喜がこみあげてきて、ともすればレイプをしたとき以上に、震えるような達成感があった。

『ああっ、オマンコッ……ツルツルのオマンコに、ヴァイブを入れてっ……紀里恵のオマンコ、めちゃくちゃにかきまわしてっ……イッ、イカせてえええーっ！』

涙ながらに訴えてきた紀里恵に、庄司は言ったのだ。

『イカせてやるには条件がある。なーに、簡単なことだ……』

一カ月以内に離婚しろ——そう耳打ちした。

『わかったな。約束を破ったら、この動画が全世界に向けて公開されることになるぞ。おまえは一生、顔をあげて表を歩くことができなくなる』

脅しは効き、紀里恵は和田と離婚した。

正直に言えば、これほどうまくいくとは思っていなかった。紀里恵が和田にすべてを話してしまうかもしれないし、和田が事情を知れば警察に駆けこむ可能性だってあったのだ。動画をバラまいたりしていない以上、足がつくことはないだろうが、警察が動いていることがクロガネの耳に入れば、怒りを買うことは間違いなかった。

それがうまくいったのだ！

おそらく、これ以上なく理想的な形で！

喜ぶなというほうが無理な相談であり、小躍りするどころか、できることなら路上で歓喜の雄叫《おたけ》びをあげたかった。

時計を見た。

午後三時を少しまわったところだった。

仕事を早退し、祝杯をあげにいこうと思った。このところ昼酒がブームのようになっているから、午後三時でも飲める店など簡単に見つかるだろう。

そのときだった。

「……んっ？」

庄司は足をとめ、緩んでいた頬をひきつらせた。尾行の気配がした。踵《きびす》を返して追いかけたが、正体を突きとめることはできなかった。

このところ、毎日のようにこういうことがある。尾行されている嫌な感じが拭いされない。朝夕の通勤途中、近所のスーパー……思いすごしではない。一度、逃げていく男の背中を見たことがある。

尾行……。

なにかが迫っている実感があった。時が満ちるように、この虚構であるアリバイづくりの生活も、そろそろピリオドが近づいているらしい。

オフィスに戻り、室長に早退したい旨を告げた。

「いや、それは、ちょっと……」

しかめ面《つら》をますますしかめて渋られた。

「体調が悪いんですよ。申し訳ないですが、今日は帰らせてください」

庄司は頭をさげたが、室長も譲らなかった。

「五時まで、あと二時間じゃないですか。それまでは我慢してもらえないですかね。本当は昼休み以外に外出するのも禁止されているんですよ。それを許したんですから、早退は……」

カチンときた。

「ちょっといいですか?」

庄司は室長の腕をつかみ、オフィスの外に連れだした。笑顔で連れだしたが、腕をつかんだ手には思いきり力をこめた。外に出ると、胸ぐらをつかんで息のかかる距離で睨みつけた。マンションの外廊下で、人が来るかもしれなかったが、かまっていられなかった。

「いいじゃねえか、たまの早退くらい」

精いっぱい、ドスを利かせて言った。庄司は子供のころから喧嘩が大の苦手だった。しかし相手が室長なら、なんとかなると思った。実際、胸ぐらをつかまれた室長は震えあがっている。

「毎日毎日、ひと言も口をきかないで真面目に仕事しているんだ。それくらいは許されるんじゃないですかね」

「いや、しかし……」

震えあがりながらも、室長はうなずかない。なかなか根性がある。あるいは、庄司より恐ろしいなにかに、怯えているのかもしれないが……。

「じゃあひとつ教えてくれよ」

庄司は低く声を絞った。脳裏に尾行者の影がチラついた。

「俺の寿命はあとどれくらいだい？」

室長が息を呑む。

「どうせそう長く生きられないんだろう？　だったらいいじゃねえか。あんたからの香典に早退させてくれよ」

室長が眼を逸らす。ガタガタと震えだしている。

庄司の体も激しく震えていた。室長がこちらの言葉を否定しないことに、戦慄を覚えずにはいられなかった。

喧嘩慣れしていない者同士による、茶番じみた一幕だった。

庄司は舌打ちして胸ぐらをつかんだ手を離した。

オフィスに戻り、鞄を持って再び外に出た。室長はまだ外廊下に立ちすくんでいた。庄司は無視して立ち去ったが、声はかけてこなかった。

4

バスルームの引き戸の向こうに、華穂の白いヌードが見えた。

曇りひとつない雪色の肌、蜜蜂のようにくびれた腰、量感あふれるボリューム満点のヒップ——いつも通りに美しくもいやらしい。

ドロドロに酔っていても、この日課だけは欠かせなかった。

会社を出て、午後三時過ぎから外で飲みはじめた庄司は、それでもいつもの時間に帰宅した。そして、家でも飲みつづけた。夕食をキャンセルし、ウォーキングも休ませてほしいと言うと、華穂は怪訝《けげん》な顔をしながらも了解してくれた。

室長とはずいぶん違う反応だった。

あまりにあっさり了解されたので、逆に怖くなったくらいだ。

とはいえ、酔っていたので、なにもかもどうでもよかった。

「お風呂はどうしますか？」

午後十一時になると、華穂が訊ねてきた。庄司はだらしなく笑った。正体を失う寸前まで酔って、風呂になど入れるわけがなかった。

「今日はやめたほうがいいみたいですね」

華穂は言い、バスルームに向かった。それまで酔いすぎて弛緩していた体が、彼女の後ろ姿を見て覚醒した。もはや条件反射のようなものだった。

シャワーの音が聞こえてくると、抜き足差し足でバスルームに向かい、いつものように引き戸を少し開けて、中をのぞきこんだ。

惚れぼれする裸身だった。

こちらに背中を向けているので、乳房や恥毛はうかがえない。それでも、勃起させられてしまう。毎日毎日のぞいているのに、興奮させられる。飽きることなくむさぼり眺めては、生唾を呑みこむ。鼻息が浅ましくはずみだすのが、はっきりとわかる。

華穂が時折体をひねると、豊満な乳房の先端が見えた。三十路を迎えているのに、淡いピンク色だった。素肌は湯玉をはじき、乳首からも湯が飛ぶ。興奮しているわけがないのに、ピンク色の乳首が尖って見える。

たまらなかった。

いったいどうしたら、これほどの色香を放てるのか教えてほしかった。色っぽいだけではない。清楚さとセクシーさが黄金比で拮抗し、男心をどこまでも揺さぶりたてくる。

生来の美しさだけではないのだ。美しい女ならいくらでもいる。彼女より清楚な女だって探せば見つかるに違いない。だが、三十路を迎えてなお清らかさを保ち、そのうえ年相応かそれ以上の濃厚な色香を放てる女となると、日本広しと言えどもざらにはいないだろう。いったいどういう半生を歩めば、これほど男を惹きつける女になれるのか教えてもらいたい。

首筋や腕にボディソープを塗り、洗う仕草の悩ましさはどうだ。ボディタオルの類いを使わず、手のひらで直接洗っているところがなおさらいい。ボディソープでヌルヌルになった手のひらが、ほんのり紅潮した雪色の素肌の上をなめらかにすべっていく。その感触を想像すれば、勃起しきった男根の先端から熱い我慢汁があふれだす。

ズボンとブリーフをさげ、イチモツを取りだした。

ぎゅっと握りしめると、気が遠くなりそうなほどの快感がこみあげてきた。三十代半ばになってまで、これほど自慰に耽る自分を、十代のころは想像することもできなかった。しかし、風が吹けば勃起する少年時代より、いまのほうが遥かに自慰の快楽が強い。気持ちがよくてしかたがない。ともすればセックスの快感を凌駕するほど、頭に血が昇っていく。

そのとき。

華穂がシャワーをとめてこちらを向いた。豊満な乳房と黒い恥毛が眼に飛びこんできて、頭に血が昇っていた庄司は、勃起しきった男根を思いきりしごきたてた。なんという幸運だろうと思った。

しかし……。

次の瞬間、華穂が浴室のガラスのドアを開けたので心臓が停まりそうになった。洗い場から脱衣所へ、そして廊下に続く引き戸にまで手を伸ばしてくる。

裸のままだった。

濡れた体をタオルで拭いもしていない。

ということはつまり、風呂をあがるというわけではない。

引き戸が開けられた。

庄司は勃起しきった男根を握りしめたまま、金縛りに遭ったように動けなくなっていた。見つかってしまったという衝撃が、鼓動だけをどこまでも速めていく。自慰を見つかった恥ずかしさもある。のぞきという卑劣な行為を咎《とが》められる恐ろしさもある。軽蔑されることは火を見るよりもあきらかで、明日からの生活は気まずいものになりそうだった。なにより、のぞきも自慰も、二度とできなくなることがつらい。死を待つだけの暮らしの中で、唯一の娯楽であり、救いだったのに……。

引き戸を開けた華穂は、無表情のまま庄司を見ていた。美しいその瞳には、いい歳をしてオナニーに耽っているみじめな中年男が映っているはずなのに、彼女の表情からは怒りも蔑みも読みとれなかった。

それがなおさらつらかった。

いっそビンタでもお見舞いされ、罵声のひとつも浴びせられれば、反射的に土下座して謝ることだってできただろう。

そう思っていると、唐突に華穂が動いた。庄司の足元にしゃがみこんだ。男根を握りしめている手をはずされ、かわりに女らしい白魚《しらうお》のような手で血管の浮かんだ肉の棒を包んできた。

「えっ……」

一瞬、なにが起こったのか理解できなかった。すりすりとしごかれ、庄司はうめいた。言葉を発する暇もなく、先っぽを口唇に含まれた。生温かい感触に亀頭を包みこまれ、庄司はのけぞった。天を仰いだ顔が、みるみる燃えるように熱くなっていった。

「うんんっ……ぅんんっ……」

華穂が鼻息をはずませて、しゃぶりあげてくる。庄司は快感に身をよじりながら、歯を食いしばって下を見た。たしかに華穂が、おのが男根をしゃぶっていた。淑《しと》やかな美貌を淫らに歪め、赤い唇から肉の棒を出し入れさせていた。唇がスライドさせられるたびに、いきり勃《た》った男根がヌメヌメした唾液の光沢を纏《まと》っていく。咥えこみ方が次第に深くなっていき、喉奥まで亀頭が届きそうだ。

「むうっ……むむっ……」

庄司は首に何本も筋を浮かべ、両膝を激しく震わせていた。口腔奉仕の快楽に翻弄され、立っているのがつらかった。華穂のフェラチオは、予想通りに練達だった。ヘッドバンギングのように頭を振りたてるわけでも、双頬をすぼめてしたたかに吸引してくるわけでもない。しゃぶり方はごくソフトで、唇や舌の動きはスローだ。だが、ねっとりと吸ってくる。口内でカリのくびれに舌をからめてくる。やわやわした刺激が、気が遠くなりそうなほど心地いい。男根の芯が燃えてくる。射精の前兆を伝えるように、熱く疼きだす。

庄司は腰を反らして快感を嚙みしめようとしたが、できなかった。酒を飲みすぎていたせいもあり、本当に立っていられなくなって、膝を折ってしまった。

情けなかった。

唐突に始まったこの口腔奉仕にどんな意味があるのかわからないままだったが、それでもフェラチオの途中で床に尻餅をついてしまうのは男として情けない。

華穂はしかし、平然と庄司のズボンとブリーフを脱がし、フェラチオを続けた。いや、ただ続けたわけではない。庄司の両脚をM字に割りひろげると、今度は男根だけではなく、玉袋にまで舌を這わせてきた。

「くおおおっ……」

睾丸を口に含んで吸われると、のけぞらずにはいられなかった。吸いたてる力はやはりソフトだったけれど、魂までも吸いだされるような気がした。

さらに。

華穂はアヌスまで舐めはじめた。くすぐったい感触はしかし、唾液まみれの男根を同時にしごかれると、くすぐったさまで未知の快感に変わった。庄司は身をよじった。まるで女のように、恥ずかしいほど身をよじってしまった。頭の中が真っ白になっていた。恥ずかしさに赤面するより前に、快感のせいで顔が燃えるように熱くなっていた。

「声を出しても、いいですよ……」

華穂のささやきが、天の声にも聞こえた。

「そのほうがわたしも……嬉しいから……」

庄司はほとんど正気を失っていた。再びずっぽりと男根を口唇に咥えこまれると、

「おおおおおっ……」

身をよじりながら、だらしない声をもらした。以前なら、考えられないことだった。声をあげそうになるほどの快感を味わったことはあるが、実際に声をあげたことはない。どこかに男の見栄があるのだろう。だが、見栄を振り払って女のように声をあげてみれば、気持ちよさが倍増した。びっくりするほどの快感が五体を痙攣させ、声を

あげるのをやめることができなくなった。女があんあんあえぐ気持ちが、初めてわかった。あれは、気持ちよくなるために声を出しているのだ。あえげばあえぐほど、快感が鮮明になっていくのだ。

「おおおおっ……おおおおっ……くぅおおおおおおーっ！」

庄司は悶えた。悶えすぎて眼尻に涙まで浮かんでいた。華穂のスローでソフトなフェラチオは次第にピッチと吸引力を増していき、根元をしごいたり玉袋をあやす手つきにも熱がこもっていった。

射精が迫ってきた。

出したくて出したくてたまらなくなった。

華穂を見た。

その顔は相変わらず無表情だったが、

「でっ、出るっ……もう出るっ……」

庄司が切羽つまった声で言うと、華穂は口から肉棒を吐きだし、ささやいた。

「出して……」

華穂の眼が蕩けた。眼尻がさがり、瞳が潤んだ。その眼つきだけで、庄司はイッてしまいそうになった。欲情よりも濃厚で、興奮よりも激しいなにかが、潤んだ瞳の奥に見えた。

「いっぱい……いっぱい出して……」

白魚の手でしたたかにしごきたてられ、

「おおおおっ……おおおおーっ！」

庄司は雄叫びにも似た声をあげた。反らした腰が跳ねあがり、男根の芯に灼熱が走り抜けていった。ドクンッという音が聞こえそうな勢いで、白濁のエキスが噴射された。まるで噴水のように、一メートルも上に飛んだ。ドクンッドクンッドクンッと続けざまに発作が起こり、庄司は身をよじった。痺れるような快感が次々に襲いかかってきて、五体が揉みくちゃにされているようだった。

さらに。

華穂は根元をしごきながら、亀頭を口唇に咥えこんだ。まだ発作中にもかかわらず、鈴口を思いきり吸いたててきた。ソフトでもスローでもない、痛烈極まりないバキュームフェラだ。

「うっ、うおおおおーっ！」

庄司は喜悦の涙が浮かんだ眼を見開き、叫び声をあげた。噴射する以上のスピードで白濁の粘液を吸いたてられると、男根の芯に火を放たれたような衝撃が訪れた。

「おおおおーっ！　おおおおおーっ！」

涙さえ流して泣き叫ぶ庄司の男根を、華穂は双頬を淫らにへこませて長々と吸いたてつづけた。

第五章　華穂という女

1

　リビングのソファで眼を覚ました庄司は、二階から足音が聞こえてくると、あわてて飛び起きてバスルームに逃げこんだ。

　空っぽのバスタブに裸で入り、湯を溜めはじめた。半身浴がしたかったからではない。華穂と顔を合わせるのが気まずかったからだ。

　もちろん、無駄な抵抗だった。

　今日は土曜日で会社は休み。週末の恒例であるデートが待っている。半身浴で少しばかり顔を合わせるのを遅らせたところで、一日中顔を突きあわせていなければならないのである。

「……まいったなあ」

なかなか溜まらない湯を眺めながら、溜息まじりに独りごちた。

ゆうべの出来事はいったいなんだったのか、いくら考えてもよくわからなかった。のぞきと自慰を見つかり、普通なら激怒される場面でフェラをされた。偽装結婚が始まった当初、華穂はスケスケのネグリジェで誘惑してきたのだから、あるいはあれくらいのことはなんでもないのかもしれない。

それにしてもすさまじいフェラだった。

男の性感を知り尽くしていた。と同時に自分の価値も、彼女はよくわかっている。あれほど清楚な美女が足元にしゃがみこんで仁王立ちフェラを始めたら、抵抗できる男などいるわけがない。おまけに尻の穴まで舐めまわされれば、身をよじるばかりになってもしかたがない。

思いだすと、顔から火が出そうだった。

いくら華穂が床上手でも、あんなふうに一方的にあえがされ、よがり声まであげてしまったのだ。完全に男の面子《めんつ》は丸潰れで、合わせる顔などあるわけがなかった。面子なら、のぞきと自慰が見つかった時点で丸潰れになっていたようなものだが、それにしても……。

バスタブに湯が溜まると、庄司は放心状態に陥ったまま一時間ほど浸かりつづけた。ゆうべの酒は、それできれいに抜けてくれた。しかし、意識が正気に近づいていけばいくほど、痛恨やら羞恥やら自己嫌悪やらが次から次にこみあげてきて、いても立ってもいられなくなった。

風呂から上がると、テーブルの上に朝食の準備が整おうとしていた。献立もいつも通りの和風なら、キッチンとリビングを行き来している華穂もいつも通りの無表情だった。

庄司は冷蔵庫から缶ビールを出し、立ったまま飲んだ。飲みたかったわけではないが、アルコールで少し神経を麻痺させないと、とてもではないが華穂と向きあうことができそうになかった。

「今日はあんまり飲まないでくださいね」

背中から、華穂が声をかけてきた。

「あ、ああ……」

庄司は振り返らずにうなずき、けれども缶ビールをすぐさま飲み干して、二本目を冷蔵庫から出した。

「珍しく半身浴なんてしちゃったからね、喉が渇いてしょうがない……」

「とにかく、早くごはんを食べて出かけましょう。もう九時半です。予定では九時には出発するはずだったんですから」

「ああ……」

庄司は二本目の缶ビールを飲みながら、テーブル席に着いた。正面に座った華穂の顔など、もちろん見られなかった。見れば思いだしてしまいそうだった。鉄仮面のような無表情でフェラを始めたくせに、庄司が射精に達しそうになると、眼尻をさげて瞳を潤ませた。「出して」と甘い声でささやいてきた。「いっぱい出して」と男根をしたたかにしごきながら……。

「山登りの経験はあるんですか?」

華穂が訊ねてきた。

「えっ? ああ……子供のときに何度かね……」

その日、ふたりは高尾山に行く予定になっていた。子供でも登れる山である。庄司は実際、小学生のとき二度ほど登ったことがある。

にもかかわらず、朝食がすむと、華穂は本格的なリュックや登山靴を出してきた。シャツやヤッケや帽子まで一式揃っている。今日のためにわざわざ買い求めたらしい。

「それじゃあ、わたしは二階で着替えてきます」

リビングにひとり取り残された庄司は、呆然と立ち尽くした。ソファの上にひろげられた登山用の服を見ていると、戦慄がこみあげてくるのをどうすることもできなかった。

ゆうべのフェラは、華穂なりのお別れの挨拶だったのかもしれない。

いよいよ殺されるのだ。

本物の夫婦なら、揃いの登山靴を買ってみるのもいいかもしれない。老後に向けて共通の趣味をもとうと、山登りを初めてみたって少しもおかしくない。だが、偽りの夫婦であるふたりには、それほど未来は残されていない。もう一度、山登りに出かけることがあるのかどうかわからないのに、すべて新品を買い求めてくるなんて、どうかしてる。理由があるとすれば、ひとつ……。

死に装束だ。

子供でも登れる山とはいえ、転落すれば命を失う崖くらい、いくらだってあるだろう。毎晩一緒にウォーキングしている仲のいい新婚夫婦が登山に出かけ、初心者ゆえに夫が事故死してしまったというのは、誰もが納得するストーリーではないだろうか。

家を出て、電車に乗ると、その予感は確信に変わっていった。

JR中央線の特別快速のシートに、庄司と華穂は並んで座っていた。

これまでなら、外では終始笑顔を絶やさない華穂の表情が、ひどく険しかった。あきらかに青ざめており、思いつめた眼つきで車窓の外をじっと眺めている。

山ガールというのだろうか、登山用の装いをした華穂は活動的な雰囲気があり、いつもとはまた違った魅力を放っていた。まわりの男たちに視線を向けられるのは毎度のことだが、中央線が高尾に近づいていくにつれ、男たちは見て見ぬふりをするようになった。

華穂の全身から、悲壮感のようなものが漂ってきたからだ。

庄司もまた、華穂をまともに見ないようにした。

眼をつぶって静かに深呼吸した。

これから殺されるなら殺されるで、その運命を甘んじて受けとめるしかない。

クロガネは約束を守ってくれた。紀里恵をレイプできるよう段取りを整えてくれ、庄司は彼女を犯した。その流れで、和田と紀里恵を離婚に追いこむことまでできたのだ。この世に思い残すことは、もうなにもない。隅田川の畔《ほとり》で餓死するより、ずっと有意義な人生のエンディングを迎えられたと思っている。クロガネには感謝しかない。

華穂にも、また……。

「あのう……」

不意に華穂が手をつかんできた。

「降りましょう」

「えっ？」

庄司は小さく驚いた。電車はいま停まったところだった。目的地である高尾のひとつ前の駅、八王子だ。なぜひとつ前の駅で降りるのか意味がわからなかったが、華穂は庄司の手をつかんだまま、強引に降りてしまった。

ホームには人があふれていた。華穂はホームの先端を目指して、早足で歩きだした。手をつかまれている庄司も、続くしかなかった。手をつかんだ力が、強かった。抜き差しならない感情が伝わってきた。

ホームの先端まで行くと、まわりに人がいなくなった。華穂は立ちどまり、呼吸を整えた。まなじりを決して庄司を見てきた。庄司は息を呑み、華穂が発する言葉を待った。

「逃げてください」

震える声で、華穂は言った。

「そのリュックの中に、当面必要なものはすべて入っています。着替え、タオル、プリペイド携帯……お金も、百万円ちょっとあるはずです。ここからなら、高崎方面にも湘南方面にも電車が出てます。できるだけ遠くに逃げてください。クロガネにつかまらないように……」

庄司はにわかに言葉を返せなかった。お互い無言のまま、しばらくの間、その場に立ちすくんでいた。

2

逃げなければどうなるのか、訊ねるまでもなかった。

それでも庄司には、逃げるつもりはなかった。クロガネはレイプの段取りを整えてくれ、復讐は成し遂げられた。ならば今度は、こちらが約束を果たす番だった。リクエストがあるとするなら、なるべく苦しくない方法で息の根をとめてほしい――ただそれだけだった。

しかし……。

華穂がなぜそんなことを言いだしたのか、興味があった。理由を訊ねてみたかった。彼女はクロガネに、殺しを命じられているのかもしれない。それをしたくなくて逃げろと言いだしたのなら、話は簡単だった。彼女の手を汚さず、こちらが勝手に死ねばいい。

「少し……話をさせてもらってもいいかい？」

庄司が言うと、華穂はしばし眼を泳がせて逡巡したが、やがてコクリと小さく顎を引いた。

立ち話もなんだった。どうせならゆっくり話ができるところに行こうと、いったん駅の外に出た。カフェの類いを探したが、そろそろ昼食時なので、どこも満席だった。そもそも話が筒抜けになるようなところでは、肝心なことをなにも訊ねられない。カラオケボックスがあった。ここでもいいかと思ったが、その向こうにラブホテルの看板が見えた。

「ラブホでもいいかな？」

華穂は、今度は逡巡することなくうなずいた。密談をするには最適な場所だと、彼女も思ってくれたようだ。

マンションのような建物で、部屋もシンプルで落ち着いた造りだったので、庄司は安堵した。いかにもセックスを連想させる、ギラギラと装飾過多な部屋はさすがに避けたかったからだ。

華穂をソファに座らせ、庄司はベッドに腰をおろした。

少し距離があったが、話すのには支障がない。カップルがイチャイチャするためのラブソファで、体が密着しそうになるのを気にしながら話すよりずっとましだろう。

「逃げろというのは……」

庄司は話を切りだした。

「どういうわけなんです？　もちろん、クロガネ氏の指示じゃないですよね。あなたが独断でそう考えた……理由を教えてください」

華穂は眼を泳がせるばかりで声を出さない。身をすくめて肩を震わせている。こんなふうに怯えている彼女を見るのは初めてだ。

「ざっくばらんに話しましょうか？」

庄司は声音を柔らかくした。

「俺は今日……殺される予定だったんじゃないですか？」

華穂がハッと息を呑んで見つめてくる。

「どこかの崖から転落して、そのままあの世に……」

「いいえ……」

華穂は首を横に振った。

「今日というわけじゃありません。でも……でも、このままだと確実に殺されると思います」

「保険金を掛けられて？」

華穂がコクリと顎を引く。

庄司の体はにわかに冷たくなっていった。まるで体中から血液が流れだしていくみたいだった。

殺されることなど、最初からわかっていたつもりだった。しかし、そうはっきりと宣告されたのは初めてだった。

「事故に見せかけて……殺されます……」

「なるほど……ゆうべのフェラは餞別《せんべつ》ってわけだ？」

そんな悪態でもつかなければ、心が震えてなにもしゃべれなくなりそうだった。しかし、華穂が露骨に不快そうな顔をしたので謝った。

「すいません。余計なことを言って……でも、わかってましたよ。どうせ殺されるんだろうなと最初から……いいんです、殺されても。クロガネ氏に声をかけられなきゃ、俺は二カ月前に死んでいた。たったひとつあった未練も、彼のおかげで片付けることができた……死ねと言われれば、いつでも死にますよ。もちろん、怖いですけどね。でも、生きつづける気力も、俺にはもう残っていない。あなたの手を煩《わずら》わせるのは申し訳ないから、その時は自分でなんとかしましょう。問題なく自分で死んでみせます。あなたがクロガネ氏を裏切って、俺を逃がす理由なんてまったくない……」

「いいえ……」

華穂は膝の上に乗せた拳を震わせた。

「死ぬべきなのは……あなたじゃなくて、わたしなんです……」

「……えっ？」

意外な言葉だった。

「それはいったい、どうして……」

華穂は答えない。

庄司は待った。彼女が気持ちを整え、言葉を紡《つむ》ぎはじめるのを、息を殺して待つしかなかった。

3

わたしは罪深い女なんです、と華穂は話を始めた。

ほんの一年前まで、かなり恵まれた主婦でした。セレブ妻なんてからかってくる友達もいましたけど、否定しませんでした。その通りだと思っていたし、自分はセレブでいられる価値のある女だと、信じて疑ってませんでしたから……。

もちろん、思いあがりです。

高慢だったと思います。

だって、セレブと呼ばれる生活……高級マンションだったり、珍しい外車だったり、ブランドものの服だったり、そういうものはすべて、夫が与えてくれたものだったんですから。わたしが自分の力で手に入れたものではない。そういうものに価値がないということを、もっと早くに気がつくべきでした。

夫はいい人でした。

ええ……いい人としか言いようがないです。

五つ年上で、仕事は通販会社の経営者。六本木ヒルズにあるオフィスには百人を超える社員がいて、年商は数十億。そのくせ、贅沢が嫌いで……嫌いというより興味なかったんでしょうね。いつだって上から下までユニクロで、平然としてましたから。

知りあったのは婚活パーティでした。夫は自分が年商数十億の経営者だって知らない女と結ばれたかったんです。だから最初は、コンピュータープログラマーだなんて言ってました。感じのいい人でしたからデートには応じましたが、そのときわたしは年収を訊ねました。七百万という答えが返ってきたので、だったらお付き合いはできないって言うしかありませんでした。

わたしは贅沢が好きな女だったんです。

どうしてそうなってしまったのか、よくわかりません。実家は極端に裕福でもなければ、極端に貧乏でもなくて、ごく普通でしたから。でも、我慢できないんです。いま着ている服よりもっといい服があれば、欲しくて我慢できない。住むところも乗るクルマも食べるものも、最高級のものを手に入れたくてしかたがなかった。

自分でビジネスをして、お金を稼げればよかったんですけどね。そういう才覚もないのに、贅沢を求める気持ちだけは人並み以上で、そういう女がたいてい考えるように、お金持ちと結婚したいと思いました。お医者さんでも弁護士でも親の資産を引き継いだ人でも、なんでもいいからお金持ちがよかった。最低ですね。でも、当時は頑なにそう思っていたんです。

わたしが年収七百万の人とは結婚できないって言うと、夫は焦りました。実は一千万あるとか、いや二千万だったかな、なんてもごもご言いだして……要するにわたしのことが気に入ったんでしょうね。その日のうちに、ヒルズ族の経営者であることを白状したんです。

そうなると、今度はわたしが眼の色を変える番です。本物の名刺をもらった瞬間、この人と結婚しようって心に決めました。でも、恋は駆け引きじゃないですか？　当時のわたしはそんなことばっかり考えていたんで、露骨に好意を見せたりは絶対しなかった。

夫は心根もやさしい人で、おとなしくて穏やかなタイプでしたけど、そうは言っても男ですからね。男は基本的に女を追いかけたい生き物でしょう？　追いかけさせてあげました。といっても、仕事人間だった夫は女を喜ばせる手練手管なんてなんにもなくて、わたしの気を惹くための手段はお金を使うことだけだったんです。

デートは毎回三つ星レストランで、会うたびにブランド品のプレゼントを貰いました。表情には出さなかったですけど、わたしは有頂天でした。だって、男の人に心から愛されて、贅沢ができるんですから。欲しいものがふたつ、同時に手に入ったわけです。

もちろん、ただ貢《みつ》がせていたわけではないですよ。会話でも振る舞いでも……夜の営みでも、夫を気持ちよくさせるために頑張りました。全身全霊をかけていたって言ってもいいです。

とくにセックスは……セックスは頑張りました。わたしはベッドの中でまでお姫さまでいたいと思うような、そこまで傲慢《ごうまん》な女じゃなかった。セックスのときは夫が王さまで、求められたことにはなんでも応えました。言葉にしない欲求も、察してあげていました……。

付き合いはじめてから結婚するまで、半年もかかりませんでした。まわりもびっくりのスピード婚です。そのせいもあって、お式は保留になってたんですけど、わたしは満足でした。結婚式でウエディングドレスを着なくても、わたしの生活は毎日キラキラ輝いてましたから。

新居は夜景が綺麗な都心の高層タワーマンション、愛車は真っ赤なアルファロメオ、昼間はのんびりエステに行ったり、ジムで運動したりして、夜になったらドレスに着替えて豪華ディナー。夫の仕事の都合で長い休みはとれなかったですけど、ファーストクラスで海外リゾートに連れていってもらったことも、何回かあります。

夢みたいな結婚生活でした。

この世に生まれてきてよかったって、心から思いました。

でも……。

長くは続かなかった。

結婚してちょうど一年後のことです。

夫が交通事故で亡くなってしまったのです。

目の前が真っ暗になりました。

そこからです。失意のどん底に突き落とされたわたしに、次々と災難が降りかかってきたのは……。

まず、貯金通帳にお金が全然残っていなかったんです。わたしは夫が亡くなった瞬間から生活の糧《かて》を失い、家賃の高い高層マンションから引っ越しを余儀なくされました。

信じられなかったです。

曲がりなりにも年商数十億の会社のトップだったのですから、それなりの遺産があると思うじゃないですか？

まったくありませんでした。

それどころか、亡くなった段階で、夫は代表取締役ではなくなっていて、ただの役員だったんです。なにがあったのかいまでも正確にはわかりませんけど、きっと会社のお金を使いこんだんだと思います。

自分が興した会社を乗っとられるストレスがどれほどのものなのか、わたしには想像もつきません。ただ、なんでもないカーブでハンドルを切り損ねて死んでしまうくらい、夫は追いつめられていたんです。

わたしのせいです……。

当時は混乱して泣いてばかりいましたけど、いまならそうだったろうと率直に認めることができます。

夫はわたしの望むものをすべて与えてくれました。好きな女に贅沢させることが男の甲斐性だと、あるときから心に決めたのでしょう。わたしの貪欲さに、最初のころはさすがに呆れた顔をしていたのですが、結婚する直前から笑って許してくれるようになりましたから。

わたしは夫に愛されていました。

夫にとって、すべてを擲《なげう》っても喜ばせたい相手がわたしだった。

一方のわたしは、調子に乗っていました。夢のような生活を送りながら、現実を見る理性を失っていました……。

その結果、遺産金ゼロです。

いいえ。

ゼロであってくれたなら、まだよかった。

高層マンションから小さなアパートに引っ越して半年後のことです。仕事をしようにもなにも手につかず、クルマやブランド品を処分したお金で細々と暮らしていたわたしの元に、人相の悪い男たちがやってきました。

闇金屋です。

夫はわたしの贅沢三昧《ざんまい》を支えるために、闇金にまで手を出していたのです。

三千万の借用書を突きつけられました。

そんな大金、わたしに払えるわけがありません。でも、相手は法律の外で生きているアウトローですから、たとえ自己破産しても無駄なようでした。地の果てまで追いかけて、取り立ててやると息巻くばかりで……。

どうすればいいのか訊ねると、人相の悪い男たちは、わたしの体を舐めるように眺めながら、三つの選択肢を示しました。

一、ＡＶに出演する。

二、離島の売春宿で働く。

三、自分たちの仕事の手伝いをする。

この三つです。

一と二はさすがに選べませんでした。その三択なら、三を選ぶしかないじゃないですか。もちろん、最初から保険金殺人だなんて話は聞かされていません。偽装結婚をしてほしいと……よくよく考えてみれば、三千万円もの大金を偽装結婚くらいで埋めあわせることができるはずありませんよね？　でもわたしは、怖い部分は見ないようにして、とにかく偽装結婚の体裁だけを整えることだけに腐心しました。クロガネに言われるままに……。

クロガネですか？　そのときうちに乗りこんできた男のひとりです。闇金を生業にしているかどうかはわかりません。どっちかっていうと、闇金よりもっと黒い部分を受けもっているような人間だと思います――。

4

「そんな事情があったんですか……」

庄司は唸るようにうなずいた。複雑な気分だった。なるほど、贅沢を好み、夫に貢げるだけ貢がせた態度は、決して褒められたものではないだろう。

しかし、華穂はそのことを深く後悔している。彼女の言葉から伝わってくるのは、自責の念ばかりだ。それが、犯罪の片棒を担がされる結果によるものなのかどうかまだわからないが、たとえそうだとしても同情の余地は大いにある。どれだけの窮地に追いこまれたとしても、ＡＶへの出演や離島の売春宿よりは、別の選択肢を選びたくなるのが普通の感覚に違いない。

だが彼女は、庄司に逃げろと言った。

死ぬべきなのは、あなたではなく自分だとも……。

解き明かされるべき謎はまだありそうだったが、ここでひとつ、訊きづらいことを訊かねばならなかった。

「あれも……」

声が掠《かす》れた。咳払いしてから続けた。

「あれもクロガネ氏の命令かい？」

「……あれ？」

華穂が首をかしげる。

「俺が最初にあの家に行った翌朝……あなたは同じベッドで寝ていた。スケスケのネグリジェを着て……」

華穂の顔がカアッと赤くなる。

「夜もその格好で、一緒に寝ようと誘ってきた。寝室に行けば抱かせてもらえそうだった。俺は……俺が拒んだのは、あんたみたいにいい女を抱いちまったら、この世に未練が残ると思ったからだ。でもあれは、クロガネ氏にそうしろって言われたからかい？」

華穂の美貌は紅潮したままこわばっている。

「どうなんだ？」

眼をそむけ、コクリと小さく顎を引いた。

「そんなことまで命令されるってことは……あんたはクロガネ氏の女なんじゃないのか？　情婦っていうか……」

「違います」

華穂はあわてて首を横に振った。

「それは……それだけは絶対にありません……」

嘘を言っているようには見えなかった。しかし、言い残していることもあるように見えた。

華穂はしばらくの間、視線をさまよわせたり、唇を嚙みしめたりして、ひどく落ち着かなかった。

「クロガネ氏の情婦じゃないなら……」

庄司は言った。

「逃げるって選択肢はなかったのか？　いくら相手が怖くたって、いやだからこそ、警察に逃げこむって手が……」

「逃げられなかったんです！」

華穂が涙眼を向けてきた。

「わたしだって……わたしだって、逃げられるものなら逃げたかった……警察に駆けこんでもよかったし、どこか遠くの町に行って別人になって生活したって……でもできなかったんです」

「……なぜ？」

庄司は息を呑んだ。いよいよ話が核心に迫ってきたようだった。

「……犯されたんです」

華穂は震える声を絞りだした。

「わたしがそのとき住んでいたアパートは、六畳ひと間に二畳くらいのキッチンがついているだけの、慎ましいところでした。そこに人相の悪い男――クロガネたちが五人で押しかけてきたんです。勝手にあがりこまれると、部屋の中は腰をおろすこともできない状態になりました。そこで三択を突きつけられました。わたしはとにかく、自分の部屋に五人もの男がつめかけている状況に耐えられなかった。苦しくて息もできないくらいでしたから、三を選んでいったん帰すしかないと、それしか頭にありませんでした。彼らを帰して、ひとりになって、状況を整理してしかるべき打開策を――たとえば警察に駆けこむとか、そういう手段に出ればいいって……でも、そんな魂胆は見透かされていたんでしょうね。いきなり後ろから組みつかれ、口の中に布をつめこまれました。その上からはガムテープです。悲鳴をあげられなくなったわたしを……クロガネたちは……」

華穂の声が激しく震える。

「四人がかりですから、脱がされるのもあっと言う間でした。抵抗したくたって、怖くてそんなことできない……せいぜい鼻奥で悶え声をあげたり、顔をそむけるくらいです。下着まで取られて、裸にされると、両脚をひろげられました。四人がかりで……ひとりは撮影です。デジタルビデオカメラでわたしの恥ずかしい部分を……指でひろげられて、奥の奥まで……もちろん、お尻の穴も……絶望って言葉は、こういうときに使うんだなと思いました。泣きながら、そんなことを考えてました。しかも……それで終わりじゃありません。ズボンを脱いで無理やり犯してきたわけでもない。なにをされたと思います？　四人かがりで、愛撫されたんです。乱暴なやり方ではなく、ソフトタッチでくすぐるように……乳首や股間はもちろん、耳や腋《わき》や脇腹や、内腿や膝やふくらはぎまで、およそ考えられる性感帯という性感帯を刺激されました。最初はおぞましいだけでした。当たり前です。誰がそんな状況で感じるものですか。でも……十分、二十分も続くと、次第に様子がおかしくなってきました。わたし本人の意思とは裏腹に、体が反応しはじめたんです。彼らは決して焦らず、まるで真綿で首をじわじわ絞めてくるように愛撫を続けました。三十分、四十分、五十分……たぶん、一時間以上も乳首をコチョコチョされたり、割れ目をひろげては閉じられたり、していたと思います。すると、わたしの股間は濡れはじめました。絶望のその先にあるものをなんて呼んでいいか、わたしは知りません。とにかく、わたしは濡らしてしまいました。すると彼らは、それまでの指先だけの愛撫ではなく、舌も使ってきたのです。一時間以上くすぐり抜かれた乳首を吸われました。クリトリスを、ねちっこく舐め転がされました。体中の血が沸騰し、素肌という素肌に火を放たれたようでした。イカされてしまう、と思いました。その瞬間をデジタルビデオカメラに収めることが彼らの目的だとようやく理解しましたが、理解したからといってオルガスムスをこらえる術《すべ》などありませんでした。口に突っこまれた布を嚙みしめても、無駄なことでした。わたしはゆっくりと、でも確実に、絶望の先の先にあるところに、いざなわれていきました。内腿が震え、腰がくねり、その様子を男たちにせせら笑われても、オルガスムスが欲しくて欲しくてしかたがない境地に追いこまれていったのです……」

華穂が言葉を切った。

彼女の唇が震えていた。話が先に進むほど口調は熱っぽくなっていくばかりなのに、顔色は青ざめていた。何度か深呼吸してから、唇を嚙みしめた。庄司にかける言葉はなかった。

「彼らは……」

こみあげてくる嗚咽をこらえる表情で、華穂は言葉を継いだ。

「あの男たちは、本当にひどい……犯すなら、犯せばよかったんです……さっさと犯して帰っていったなら、ここまで心は折られなかったでしょう……彼らは……あの男たちは……わたしがイキそうになった瞬間、いっせいに愛撫をやめたのです。なにかが逆転したようでした。最初、愛撫がとまった瞬間、裸で街に放りだされたような心細さを感じました。レイプでイッてしまうなんて、本当に恥ずべきことなのに……あとから救いがたい自己嫌悪に陥るに決まっているのに……わたしの体の中には、それを求める気持ちがあったのです。もちろん、最初はごく小さなものでした。でも、三回、四回と執拗に寸止めを繰り返されると、わたしの理性は崩壊しました……軽蔑してもらってかまいません。わたしもわたしを軽蔑しています……絶頂欲しさにのたうちまわっているわたしを見下ろしながら、男たちは服を脱ぎました。五本のペニスがそそり勃《た》っている光景は壮観でした。普通なら、おぞましさや恐怖で身震いするはずなのに、そのときのわたしは、これからこの五本のペニスで犯されるのかと思いながら、よけいに股間を濡らしてしまったのです……ただ、さすがに自分からは行動を起こせませんでした。向こうもなにもしてきません。全身を発情の汗と愛液で濡らしながらもじもじしているわたしを、男たちはニヤニヤしながら見下ろしてくるばかりです。わたしは……わたしはそのうち耐えられなくなって……」

言葉を切り、息を呑んだ。

「口に貼られたガムテープを剥がし、唾液まみれの布を出して……自分から……自分からフェラをしようと……」

こみあげてきた嗚咽に言葉が呑みこまれた。

「自分から……フェラをしようとしてしまいました……もうなにもかもどうでもよかったんです。わたしはただ、イキたかった。五人もの男に寄ってたかって犯されたら、頭が真っ白になるはずです。そういう状態になりたかった……なのに……」

ギリッと歯噛みした。

「彼らはフェラをすることを、許してくれなかったのです。呆然とするわたしに、言い放ちました。『オナニーするんだ』……絶望の先には、いったいどれだけの地獄があるというのでしょうか。わたしは……しました。カメラの前で両脚をひろげて……

四つん這いになってお尻の穴まで見せながら……ひいひい声をあげて自分で自分を慰めたのです……みじめでした。半年前までわたしは、人も羨《うらや》むセレブ妻だったのです。高層タワーマンションに真っ赤なアルファロメオ……それが、人前でオナニーしているんですから、獣以下の存在に堕とされてしまったわけです……それでも……それでもわたしはイキたかった……彼らがとめてこなければ、わたしは自慰でイッたでしょう。そう、彼らはとめてきたのです。いまにもイキそうというところまで高まったところで、わたしの右手を股間から引き剝がしたのです……わたしは半狂乱になりました。オナニーさせて、オナニーさせて、と泣きじゃくり、そんな自分のみじめさになおさら涙がとまらなくなって、『ようやく可愛くなってきたな。そろそろぶっこんでやるか』とクロガネが組みついてきたときには、心の底からホッとしました……」

「もういい」

庄司は口を挟んだ。華穂の両眼からは大粒の涙がしたたり落ち、双頬を盛大に濡らしていた。声の震えも尋常ではなく、このまま告白させるのは、自傷行為をさせ続けるようなものだった。

「ごめんなさい……」

華穂は涙を拭いながら謝った。

「でも……でも、最後までしゃべらせてください……聞くに耐えない話であることはわかってます。いままで誰にも言ったことがありません。でも、わたしなんて生きている価値のない、死んだほうがいい人間なんです……それをわかってもらうためにも、続きを……」

「かまわないが……」

庄司は眉をひそめつつ、うなずくしかなかった。聞くに耐えない話なら、庄司もクロガネにしたことがある。いまの華穂のように、ことさら自虐的に妻を差しだした顚末を語った。語らずにいられなかった。あのときの自分の気持ちを考えれば、華穂にも気がすむまでしゃべらせてやったほうがいい。

「レイプはフェラから始まりました……」

華穂は告白を再開した。

「五人の男に囲まれて、五本のペニスを次々に頬張っていきました……見知らぬ男のペニスです。なのにわたしは興奮していました。ペニスの形状や匂いが本能を揺さぶってきて、顎が痛くなるまで口を開きつづけても、しゃぶるのをやめられませんでした。口からあふれた唾液が顎を伝って胸の谷間まで垂れていき、股間まで到達するような勢いでした。股間は股間で熱く疼いてジンジンして、新鮮な愛液をあとからあとからあふれさせています。あれほど発情しきった経験が、わたしにはありません。まさに獣でした。人間ではありませんでした。人間なら、あんなことは……輪姦されようとしているのに、その男たちのペニスを喜んで舐めしゃぶることなんてできるはずがありません。男たちの上に乗って、ひいひいあえぎながら腰を振りまわすことなんてできるわけがないんです……わたしを最初に犯したのはクロガネでした。あの男の硬いペニスが両脚の間に入ってくると、わたしは獣じみた悲鳴をあげて総身をのけぞらせました。結合の衝撃だけで、軽いエクスタシーに達してしまったのです。五人がかりのねっとりとした長時間の愛撫で、わたしの理性は崩壊させられていました。その後の自慰で、人間性まで剝奪されていました。わたしはただ、イキたかった……男たちも、わたしの反応に驚いていたようです。犯す相手が変わるたびに、何度も何度もイクんです。わたし本当は、それほどイキやすいタイプではないんです。夫を含めて、付き合ってきた男の人がみんな淡泊だったせいもあるかもしれませんが……なのに何度も何度も……全身が性器になったみたいでした。下に挿入されながら、上の口にペニスを咥えこまされると、燃えまくりました。そんな、普段だったらおぞましいだけのプレイが、気持ちがよくてしようがないんです……ねちっこく舌や唇を使ってフェラをしながら、騎乗位で腰をグラインドさせました。そんな状態でイキました。最低です……最低の女なんです、わたしは……」

嗚咽が言葉を呑みこんだ。しばらくの間、ラブホテルの簡素な部屋に、華穂がすすり泣く声だけが切々と響き渡っていた。

5

庄司は冷蔵庫からペットボトルのお茶を二本出した。

キャップをはずして、一本を華穂に渡した。喉がカラカラに渇いていた。華穂もそうだったのだろう。お互いに無言のまま、喉を鳴らしてお茶を飲んだ。華穂のすすり泣きがようやくおさまってくれた。

「つまり……」

庄司は声音をあらためて言った。

「そのビデオで脅されたから、クロガネ氏に逆らえなくなったわけだ？」

コクリ、と華穂は小さく顎を引いた。

「ただのビデオなら……レイプされて泣き叫んでいるだけのものなら、まだよかったんです……」

華穂は幽霊のように生気のない眼つきで言った。

「一度、見せられました。五人がかりで輪姦されているそのビデオを……正視に耐えられませんでしたが、無理やり……男たちの鬼畜の振る舞いが正視に耐えられなかったわけじゃないんです。そんな男たちを相手にイキまくっている自分の姿が……思いだすだけで、体の芯から震えが起こります。わたしは……わたしは白眼を剥いてイッていました。イクときの顔なんて、誰だって美しいものじゃないでしょう。でもあれは……あれほど浅ましい人間の顔というものを、わたしは初めて見ました。恥も外聞もうっちゃって、性欲だけに溺れている女の顔を……それが、他ならぬ自分自身なのです。わたしの心は折れました。あんなビデオがネットに流出するくらいなら、死んだほうがましだと思いました。いいえ、死ぬ気力まで失ってしまうくらい、こてんぱんに打ちのめされて、ロボットになったんです。クロガネの操り人形に……」

なるほど、と庄司は胸底でうなずいた。彼女の無表情の裏には、そんな事情があったのだ。清楚な美貌と女らしい色香を振りまきつつも、どこかアンドロイドのような態度に感じられたのは、心が押しつぶされてしまったからだったのだ。

「でも……時間というものは、偉大なものですね。あれから三カ月、庄司さんと偽装結婚してから二カ月が経つうち、わたしは少しずつ自分を取り戻していったんです。庄司さんを殺して保険金を奪う……そんなことに手を貸してはならないという当たり前のことに、ようやく気づくことができたんです。だから……」

「だから逃げろと言ったのか？」

「はい」

うなずいた華穂の眼には、生気が戻っていた。

「しかし、俺を逃がしたら、あんたの命が……」

「それでいいんです。クロガネに言います。わたしに保険金をかけて、わたしを殺してくれと……最初から、そうすべきだったんです。クロガネがそうしなかったのは、わたしに利用価値があると思っているからでしょう。庄司さんを殺すことで一線を越えてしまえば、わたしは悪の手先としてますますひどいことをさせられるに決まってます。保険金詐欺でも、結婚詐欺でも……そうなってしまってからでは遅いんです。犠牲者はわたしひとりで充分。闇金に借りたお金は、夫がわたしを喜ばせるためのものでした。わたしは夫に贅沢をさせてもらい、短い時間でしたが夢のような生活を送ることができた……自分で清算します。だから庄司さんは……逃げてください」

「……悪いが」

庄司は長い溜息をつくように言った。

「俺には俺で、死んでしまいたい理由がある……生きる気力なんて残っていない……」

「でも……」

「つまらないことは言うなよ」

庄司は遮って続けた。

「生きていればいいこともあるとか、やり直してみるべきだとか……俺は俺で、あんたにも負けないほど最低な人間なのさ。死んだほうがましな……ゲス野郎に自分の妻を差しだしたんだ。会社を続けるために、仕事の発注先の担当者に最愛の女を抱かせた……妻も了解してのことだったが、夫婦の関係はものの見事に壊れたよ。俺が馬鹿だったからだ。それに比べりゃあ、あんたのほうがまだずっと救いがある。レイプをされて感じてしまったからって、なんだっていうんだ？　人間の体なんて、そういうふうにできてるんだよ。相手をいくら嫌っていても、執拗に性感帯を愛撫されりゃあ濡れてくる。気にすることはない。忘れてしまえばいいんだ……」

「簡単に……言わないでください……」

華穂が睨んでくる。

「気にすることはないとか、忘れてしまえとか、簡単に……」

そう華穂が言った瞬間、庄司の中で何かがはじけた。

「じゃあ証明してやろうか」

庄司はベッドから立ちあがり、ゆっくりと華穂に近づいていった。

「な、なにをっ……」

華穂が怯える。当然だ。庄司はいま、全身から殺気じみたエネルギーを放っていた。自分でも抑えきれないほど、昂《たか》ぶっていた。

「立てよ」

腕を取ろうとしたが払われた。

「立てって言ってんだ」

強引に腕をつかんで立ちあがらせると、

「やめてくださいっ！」

華穂は悲鳴にも似た声をあげた。

「なにビビッてるんだよ。レイプしようってわけじゃない。ゆうべのお返しをさせてもらうだけだ。チンポをしゃぶってもらったお返しを……」

華穂の双頬が赤く染まる。

「好きでもない相手に舐められても、あんたは感じるよ。あんただけじゃなく、誰だってそうさ。人間、そういうふうにできてるんだ。いまそれを証明してやる」

「いやっ！」

華穂は逃げだそうとしたが、庄司は強引にベッドに押し倒した。お互いに登山をするための格好をしていた。編みあげの登山靴を脱がすのが面倒だったが、庄司は怯《ひる》まなかった。暴れる足を押さえながら脱がし、ズボンもさげる。純白のハイレグショーツが、股間にぴっちり食いこんでいる。

「いやっ、やめてっ！　見ないでっ！」

華穂が悲鳴をあげて抵抗してくる。おかしな女だった。ゆうべは風呂に入っているところをのぞかれ、裸身を隠しもせずにフェラチオをしてきたのに、今日の抵抗は本物だった。

しかしそれが、庄司を奮い立たせる。華穂が嫌がれば嫌がるほど、この手で手懐《てなず》けてやりたくなり、力がみなぎってくるのを感じた。

ズボンを脱がすと、M字開脚に押さえこんだ。華穂は両手で股間を隠そうとしたが、その手をつかまえ、肘を使って両脚を開かせた状態もキープする。

紀里恵をレイプしたときのことが、脳裏をよぎっていく。

うまく説明できないが、あのときとは違う、と思った。庄司は紀里恵のことをはっきりと憎んでいた。華穂のことは憎んでなどいない。かといって愛しているわけでもない。いい女だとは思うが、抱けばこの世に未練が残ると、自分に禁欲を課してきた。いまもその思いにブレはない。だからこれは、欲望の発露ではない。もっと違う、特別な感情が、体を突き動かしている。

ショーツのフロント部分に指をかけた。

純白の薄い生地の向こう側で、華穂の女が息づいている。五人の男に犯され、世にも浅ましい顔で何度も何度も絶頂に達したという、女の部分が……。

ショーツを横にずらした。

「いっ、いやあああああーっ！」

華穂が断末魔の悲鳴をあげる。

庄司の眼と鼻の先で、アーモンドピンクの花が咲き誇っていた。大輪の薔薇だった。恥毛が茂っているのが小丘の上だけで、性器のまわりは無毛に近いせいだろう。それはまさに花だった。女が女に生まれてきた悦びを謳歌《おうか》するための、大切な性愛器官――。

いや、花であると同時に、傷だった。アーモンドピンクの花びらが縮れながら身を寄せあっている割れ目のことを、そんなふうに思ったことは初めてだった。だがたしかに、傷なのだ。そして自分は、彼女と傷を舐めあいたかったのだ、とようやく気づいた。

ディテールこそ違えど、配偶者に深い贖罪《しょくざい》の意識を抱えているという点において、庄司と華穂は似た者同士だった。どちらも取り返しのつかないあやまちを犯し、死をもって償おうとしていた。

地獄で出会った同志――ならば傷を舐めあうことは当然だった。彼女がゆうベフェラチオをしてくれたのも、そういう意識があったからではないかと思いあたった。華穂はクロガネに、体を使ってでも庄司を縛りつけておけと命じられていたようだが、ゆうべの段階ではもうその必要はなかったのだ。のぞきという卑劣な行為に淫し、あまつさえ自慰までしている情けない男のことなど放っておけばいいのに、彼女はその柔らかい唇で、やさしく庄司を慰めてくれた。

「ああっ、いやっ……見ないでっ……見ないでくださいっ……」

花にして傷である女の割れ目をまじまじとむさぼり眺められ、華穂は身をよじって羞じらっている。

庄司は息を吸い、吐いた。自分の吐息が割れ目にあたり、女の匂いを孕《はら》んで鼻先に戻ってくる。

いい匂いだった。いい女はこんなところまでとびきりの芳香を放っているのかと感心しながら、舌を差しだした。

「やっ、やめてっ……」

華穂は清楚な美貌をひきつらせて哀願してきたが、やめられるわけがなかった。傷を舐めあいたいという気持ちに嘘はなかったけれど、美女の割れ目を目の前にして、理性的に振る舞えるほど庄司はできた人間ではなかった。舐めたい、というストレートな欲望が、身の底からこみあげてきた。

「ああああっ！」

合わせ目を舌でなぞってやると、華穂は総身をのけぞらせた。アーモンドピンクの花びらは、まだ濡れていなかった。しっとりと湿り気は帯びていたが、欲情している様子はない。

だが、ツツーッ、ツツーッ、と合わせ目をしつこく舐めあげてやれば、平静を保っていることはできない。次第に花びらの合わせ目がほつれ、薄桃色の粘膜が恥ずかしげに顔をのぞかせてくる。そこにまでヌプヌプと舌先を差しこんでいけば、華穂の呼吸はにわかに昂ぶってくる。

「やっ、やめてっ……やめてくださいっ……お願いいいいいーっ！」

焦った顔で言いつつも、舌の刺激を受けた薄桃色の粘膜はひくひくと熱く息づきはじめ、涙にも似た蜜を垂らしはじめる。喜悦の涙だ。見た目は淑やかでも、彼女の体は充分に成熟している。花びらを口に含んでしゃぶってやれば、腰が動きはじめる。

じゅるじゅると音をたてて蜜を啜《すす》れば、それ以上に新鮮な蜜をしたたらせてくる。

「ああっ、いやあっ……ああっ、いやあああっ……」

華穂の口から放出されるのは、もはや言葉として意味をなさないあえぎ声と一緒だった。舌が動くたびに内腿をひきつらせるのは、身構えているからだった。舌先が、クリトリスに到達することに身構えている。

女の急所中の急所である小さな肉芽を舐め転がされれば、正気を保っていられなくなると、怯えているのだ。と同時に、その部分への刺激が欲しくてしようがない。心を置き去りにして、体がそれを求めている。薄桃色の粘膜はますます淫らに息づき、新鮮な蜜はあとからあとからこんこんとあふれ、アヌスのすぼまりに水たまりをつくっている。

「はっ、はぁおおおおおおーっ！」

舌先で軽く触れただけで、華穂は清楚な美貌に似合わない獣じみた悲鳴をあげた。全身をガクガク、ぶるぶると震わせて、歓喜にむせび泣く。

庄司は舌を踊らせた。もはや遠慮することはなにもない。クリトリスを中心に舐めて舐めて舐めまくり、鼻の頭から口のまわりまで淫蜜でびっしょりに濡れるまで、頭の中を真っ白にして没頭した。

「いいんだろう？　気持ちいいんだろう？」

「ああっ、いいっ！　気持ちいいいいいーっ！」

華穂も肉欲の海に溺れていた。腰をくねらせつつ、みずから股間を押しつけて刺激を求めてきた。クリトリスの包皮を剥いてねちねちと舐め転がせてやれば、部屋中に淫らな声を撒《ま》き散らし、髪を振り乱してあえぎにあえいだ。

それでいい、と庄司は思った。

傷を舐めあっている実感がたしかにあった。

そうやって、ひいひいあえいでいるいまこの瞬間だけは、彼女は過去のあやまちや贖罪の意識や罪悪感から逃れられるはずだった。我を忘れて快楽だけに翻弄され、オルガスムスのことだけを考えていればすむはずだった。

庄司もそうだった。

ゆうべ彼女にフェラチオをされたとき、射精へと向かうその瞬間だけは、自分を呪わずにいることができた。快楽だけが救いだった。

「イッ、イクッ……もうイクッ……イッちゃうイッちゃうっ……はぁあああーっ！　はぁあああああああーっ！」

ビクンッ、ビクンッ、と腰を跳ねあげて、華穂は絶頂に達した。激しすぎるイキっぷりだった。これまで溜めこんだものを一気に解放したようだった。

我を忘れてオルガスムスに達した彼女は、この世のものとは思えないくらいの淫らさを振りまきながら、五体の肉という肉をいつまでも痙攣させつづけた。

第六章　この世の果てで

1

セックスは救いになるが、一瞬だけなのが恨めしい。

終わったあと、放心状態のうちはまだいい。

ゆっくりと余韻が過ぎ去っていくに従って、現実に引き戻される。熱狂すればするほど、引き戻された現実が冷たく感じられる。

いや……。

それは正確にはセックスではなかった。庄司が舌と唇を使って、華穂をイカせてやっただけだ。庄司はズボンの下で痛いくらいに勃起していたが、クンニリングスの先に進もうとは思わなかった。絶頂後、ぐったりしている華穂を、ただぼんやりと眺めていた。

不思議な気分だった。

長い黒髪をざんばらに乱し、淫らがましいピンク色に染まった顔でハアハアと息をはずませ、四肢を弛緩させていても、華穂は美しい女だった。登山用の格好で、下半身だけが露わになった格好さえ、たまらなくそそる。肌の白さを際立たせるように茂った黒い恥毛が、ひどく卑猥だ。

普通に生きていたら……。

たとえば舞香と離婚せずにいたら、華穂と知りあうこともなかっただろう。華穂にしたって、夫が不幸な事故に遭わなければ、庄司と偽装結婚することはなかったはずである。

交わるはずのないふたつの人生がクロスしたのは、お互いがそれぞれの人生に失敗したからだ。みずからの過失により愛する人間と離別を余儀なくされ、流れ流れてこんなところに辿《たど》りついた。

ここは地獄だった。

ラブホテルの部屋がそうだと言いたいわけではない。

愛がなく、希望もない。未来もなければ、ただ絶望があるだけだ。

それでも、似た者同士の彼女に出会えてよかった、とは思う。

逃げろと言われて、率直に嬉しかった。

むろん、逃げるつもりなど毛頭ないが、彼女の気持ちは嬉しい。命果てるまで、傷の舐めあいに溺れていたくなるほどに……。

そのとき。

スマートフォンが電話の着信音を鳴らした。

華穂がハッと眼を覚ます。重そうな体を起こして、ソファに置かれたバッグに向かって歩いていく。

庄司も後を追った。

電話に出た華穂の反対側から耳を寄せ、話を聞こうとした。華穂の顔色から、相手の予想がついたからだ。

「もしもし、いまどこにいるんだ?」

やはりクロガネの声だった。

「今日は高尾山に登ることになってたんじゃないのか？　そこは八王子のラブホテルだろう？」

「すいません……」

華穂が答える。

「わたしの具合が悪くなったので、少し休憩を……」

「本当か？　登山はどうする？」

「できれば今日は、やめにしたいですが……」

「……まあいい。だが予定を変更するときは、かならず連絡を入れろ。わかったな？」

「はい……」

電話が切られ、庄司と華穂は眼を見合わせて息をついた。

八王子のラブホテル――そんなことまで特定できるということは、スマートフォンにGPS追跡機能のアプリが入っているのだろう。

GPS。

繰り返される鬱陶しい尾行。

逃亡しないよう監視に手を抜かない、なかなか手の込んだやり方だった。

クロガネは、庄司を殺すことで、いったいどれくらいの金を、保険会社からせしめるつもりなのだろう。少なくとも数千万。あるいはもっとか。保険会社の人間も巻きこんでいて、億単位まで引っ張れるようにしているのかもしれない。

どうだってよかった。

クロガネがいくら儲けようが、自分には関わりのない話だ。

華穂は服を直している。

ズボンを穿き、登山靴の紐も縛って、所在なさげに立ちすくんでいる。

「逃げてはくれないんですね？」

「ああ」

庄司がうなずくと、ふたりの間に白けた空気が流れた。

ラブホテルを出た。

会話もなく、眼も合わせないまま、上りの中央線に乗りこんだ。

向かう先は、家しかなかった。

帰宅したのは午後三時過ぎで、晩秋の午後の柔らかい陽射しがリビングに差しこんでいた。

華穂は白いブラウスに紺のスカートという、いつもの部屋着に着替えて、料理を始めた。

庄司は着替えることもなく、ソファでビールを飲みはじめた。

静かだった。

偽装結婚の無味乾燥な日常が再び戻ってきた。

華穂はおそらく、無表情で料理をしていることだろう。料理ができれば無表情でテーブルに運び、無表情で食べ、無表情で片付ける。アンドロイドのように、クロガネの指令を忠実にこなす。痛恨や自己嫌悪や夫への贖罪の意識といった、人間くさい感情をすべて押し殺して……。

庄司はふと、部屋の静けさに異様なものを感じた。

キッチンから物音がまったく聞こえてこなかった。

料理をしていれば当然、なんらかの音がたつ。それが聞こえない。料理をしている気配がない。

立ちあがってキッチンに向かった。

華穂は思いつめた表情で、右手に握りしめた包丁を見つめていた。銀色に輝く刃を、瞬きもせずにじっと……。

庄司は華穂の手から包丁を奪い、調理台に置いた。華穂が再び取ろうとする。子供のようにムキになっている。

庄司は華穂の手首をつかみ、胆力をこめて睨んだ。

「馬鹿なことを考えるのはよせ」

「馬鹿なこと？」

華穂が泣き笑いのような顔で見つめてくる。

「それは庄司さんも一緒じゃないですか？　庄司さんこそ……」

こみあげてきた嗚咽に、言葉が続かなくなる。

「わたし……わたし……もうやだっ！」

華穂は庄司のシャツをつかむと、泣き崩れた。手放しの号泣だった。庄司は動けず、かける言葉も見つからなかった。

2

二階にあがるのは、この家に初めて来た日以来だった。

華穂の肩を抱いて寝室に入った。華穂の体は熱かった。ひとしきり火がついたように泣きじゃくっていたのだから、無理もない。

「少し、休んだほうがいい……」

ベッドにうながすと、華穂は腕の中で振り返った。すがるように見つめられた。泣き腫らした無残な顔をしているにもかかわらず、庄司は見とれてしまった。アンドロイドのような無表情より、ずっと魅力があった。彼女の力になってやりたかった。

「……ぅんんっ！」

唇を重ねた。庄司にできることと言ったら、それくらいしかなかった。キッチンで泣きじゃくっていた彼女を眺めながら、考えていたことがある。彼女は死にたがっている。自分と同じように、死をもって償わなければならない罪を抱え、悩み苦しんでいる。

ならばそうさせてやるしかないような気がした。彼女が逃げだすチャンスをつくってくれても、庄司に逃げることはできなかった。似た者同士の彼女も、死から逃げることができないなら、自分にできることは……。

「ぅんんっ……ぅんんっ……」

口内に舌を差しこみ、からめあわせた。彼女が死にたがっているのなら、せめてそのときが訪れるまで、刹那の快楽で頭の中を真っ白にしてやりたい。寝食も忘れ、精根尽き果てるまで肉欲に溺れているしかない。

幸い……。

華穂の体は女として充分に成熟していた。心の悩みに性感が埋もれることなく、逆に、欲情が苦悩を振りきれるポテンシャルをもっていた。

「んんんっ！」

白いブラウスの上から乳房を揉みしだくと、華穂はせつなげに眉根を寄せて見つめてきた。

「もういやです……」

半開きの唇を震わせながら訴えてくる。

「わたしばっかりされるのは、もう……」

言いながら、庄司の股間をまさぐってくる。ズボンの下のイチモツは痛いくらいに勃起して、熱い脈動を刻んでいる。

「わかってる……」

庄司はうなずいた。これ以上、我慢するつもりはもうなかった。いくら彼女が美しく、抱き心地が最高であっても、互いにそれほど長生きしないなら、この世に未練も残るまい。

「脱いでください……」

華穂がシャツのボタンをはずしてくる。庄司も負けじとブラウスのボタンをはずす。お互いがお互いの服を毟りとるようにして、下着姿になった。純白のブラジャーとショーツがまぶしかった。庄司の紺色のブリーフは滑稽なほど前をふくらませていた。

もつれあいながら、ベッドに倒れこんだ。抱擁がせつなかった。お互いがお互いにしがみついている。口づけはもっとせつなかった。愛でもなく、恋でもなく、欲望の発露でさえないのに、なぜこれほど情熱的に舌をからめあえるのか、庄司にはわからなかった。

それでも、求めずにはいられない。はずむ吐息をぶつけあい、舌をしゃぶりあわずにはいられない。

ブラジャーをはずすと、たわわに実った肉房がこぼれた。清楚な美貌に似合わない、丸々とした迫力に眼を見張った。バスルームをのぞいていたときは背中ばかり拝まされていたので、正視するのは初めてだった。裾野からそっとすくいあげ、やわやわと揉みしだいた。いきなり強い愛撫をしてはならない——そんなことくらいわかっていたが、指先に力がこもってしまう。

「もっと……もっと強くして……」

眉根を寄せた華穂にささやかれ、庄司は馬乗りになった。両手を使って熱っぽく揉みしだき、隆起に舌を這わせていく。下から上に、下から上に。先端の乳首は、三十路とは思えない清らかなピンク色だった。しかし、むくむくと突起してくると、年相応の色香が匂った。

「あああっ!」

乳首を口に含んでやると、華穂はしたたかにのけぞった。清らかな色をしているくせに、感度は高いらしい。吸いたて、舐め転がすと、みるみるいやらしいくらいに尖っていった。甘噛みまでしてやると、華穂は白い喉を突きだしてあえいだ。強い刺激が欲しいようだった。すべてを忘れられる、強い刺激が……。

ならば、と庄司は後退った。白いハイレグショーツを脱がして、華穂を生まれたままの姿にした。両脚をひろげ、背中を丸めようとしたのは、マングり返しの体勢に押さえこもうと思ったからである。アヌスもヴァギナもクリトリスも、さらには両の乳首も一緒くたに愛撫して、涙が出るほどあえがせてやろうと思った。

しかし。

「待ってっ！」

華穂はマングり返しの体勢を嫌い、庄司の腰にむしゃぶりついてきた。

「わたしばっかりされるのはいやよっ！　せめて一緒にっ……一緒にしましょうっ……」

ブリーフをずりおろし、勃起しきった男根を露わにする。臍《へそ》を叩く勢いで野太くそそり勃《た》ったものを、躊躇《ためら》うことなく口唇に含んでいく。

「むううっ……」

生温かい口内粘膜の刺激にうめきながらも、庄司は華穂の下半身に顔を近づけていった。一緒にしましょうという大胆なリクエストに応えるため、横向きのシックスナインの体勢をとった。両脚をあらためてM字に割りひろげ、剝きだしになったアーモンドピンクの花に唇を押しつけた。

「むううっ……むうううっ……」

「んんんっ……んぐぐぐっ……」

これぞまさに傷の舐めあいだった。庄司が割れ目に舌を這わせれば、華穂がカリ首を舐めてくる。ヌプヌプと舌を差しこむと、唇をねちっこくスライドさせる。寄せては返す快感が、一方通行の愛撫よりずっと切実に、ふたりの身をよじらせる。汗が噴きだしてくる。上下逆さまに寄り添った体が、淫らな汗によってヌルヌルとすべる。

たまらなかった。

華穂の口腔奉仕が絶品なのは知っていたが、シックスナインならばこちらが一方的に追いつめられることはない。クリトリスを舐め転がしてやれば、男根から口を離してあえぐしかない。一方、華穂がバキュームフェラを繰りだしてくれば、こちらの舌の動きも鈍る。

いつまでも続けていたかった。

このまま延々と、舐めて舐められる双方向愛撫に淫していられると思った。

けれどもその一方で、華穂が欲しかった。

性器を繋《つな》げて腰を振りあい、恍惚《こうこつ》を分かちあいたかった。

「ああっ、もう我慢できないっ！」

先に音をあげたのは、華穂のほうだった。

「欲しいっ……もうこれがっ……オチンチンが欲しいっ……」

言いながら、華穂が腰にまたがってきた。騎乗位だ。衝撃的な光景だった。騎乗位に慣れていないわけではないが、華穂ほど清楚な美女にまたがられたことはない。

「ああっ、いやっ……あああああっ……」

華穂はまず、臍に張りつく状態の男根の上に乗り、腰を動かしてきた。濡れた割れ目で、肉棒を横から挟むような格好だ。決して結合できないその状態で腰を振り、男根の太さと硬さを嚙みしめた。あるいは、肉欲に駆られている自分を自分で焦らしているのかもしれないが、いずれにしろいやらしすぎる所作だった。

「ああっ、こんなに硬くなってるうっ……」

甘えた声で言いながら、自分の股ぐらから顔を出している亀頭を指先で撫でさする。

いよいよ彼女が淫らな本性を露わにしたようで、庄司はたじろぎそうだった。

だが、それでいい。男がドン引きするほどの淫乱さで、肉欲に溺れてしまえばいい。そうすれば、その間は苦悩から解放されるだろう……。

「んんんっ……」

華穂が片膝を持ちあげ、男根に手を添えた。行儀のいい挿入の所作だった。亀頭を入口に導くと、片膝を元に戻して、ゆっくりと腰を落としてきた。

「ああああっ……あああああっ……」

歪んだ眼を庄司に向けながら、声を震わせる。ほんの少しずつ、一ミリ刻みではないかという粘り腰で、じわじわと亀頭を咥えこんでいく。途中で一方通行ではなくなり、小刻みに腰を動かしはじめた。濡れた割れ目を唇のように使って、亀頭をしゃぶりあげてきた。

「むむむっ……」

庄司は唸った。鏡を見なくても、自分の顔が真っ赤になっているのがわかった。いやらしすぎる繋がり方だった。騎乗位でこんなふうに繋がってくる女を、庄司は他に知らなかった。

じっとしているのがつらかった。紅潮しきった顔に脂汗が滲み、それが眼に流れこんでくる。拭った手指を、華穂の頬に伸ばした。彼女の美しい顔も汗まみれだった。引き寄せて、唇を重ねた。舌と舌とをからめあっても、彼女はまだ腰を最後まで落としてこない。

庄司は両膝を立てた。そのバネを使って、下から細かく突きあげた。浅瀬で亀頭を出し入れすると、粘りつくような淫らな肉ずれ音がたった。

華穂がキスをとき、ハアハアと息をはずませる。そうしつつ見つめてくる。庄司も見つめ返す。視線と視線をからめあわせながら、豊満な乳房を揉む。ぐいぐいと指を食いこませては、乳首をぎゅうっとつまんでやる。

「んんんんーっ！」

華穂の腰が落ちた。それでもまだ、全長は呑みこんでいない。いまにも泣きだしそうな顔でこちらを見つめながら、小刻みに腰を動かす。やはり自分を焦らしているらしい。なんとスケベな女なのだろう。男根を欲しがりながらも、一気に咥えこんでしまうのがもったいないのだ。

庄司は興奮した。昼は淑女で、夜は娼婦——その見立てに間違いはないようだった。

ただ、娼婦の顔はまだ、ほんの少ししか見せていない。ほんの少しでも圧倒されてしまいそうだが、彼女はその麗しい美貌の下に、まだいくつも淫らな顔を隠しているに違いない。

「あうううーっ！」

ずんっ、と下から突きあげると、華穂はのけぞって声をあげた。衝撃で、彼女の腰から力が抜けた。ずぶずぶと男根の全長をすべて呑みこんだ。庄司も声をあげたかった。華穂の中は煮えたぎっていた。まだ結合したばかりなのに、すさまじい締まりを伝えてきた。

「あああっ……いやあああっ……」

華穂があえぎながら見つめてくる。息をはずませては身をよじり、みるみる瞳を潤ませていく。庄司は口づけをしようとしたが、華穂が上体を起こしたので、できなかった。

キスよりも、腰を振りたいらしい。

「ああっ、いやあっ……あああっ、いやあああっ……」

腰を振りたて、股間をしゃくるように動かしてくる。ボリューミーなヒップを重しがわりに使い、前後に腰を振ってくる。

慣れた動きだった。しかし、経験だけではこうはいかないと思わせる、エロスのセンスにあふれていた。あて方が上手かった。男性器と女性器をこすりあわせる角度に、非凡なものを感じずにはいられなかった。ずちゅっ、ずちゅっ、と音をたてて刻まれるリズムに、庄司は瞬く間に呑みこまれていった。

「あああーっ！　はぁあああーっ！」

華穂も華穂で、自分が繰りだすリズムに呑みこまれ、みずから翻弄されていく。腰振りは一秒ごとに熱を帯び、肉ずれ音が粘っこくなっていく。結合部から滲みだした蜜が、お互いの陰毛をぐっしょり濡らしていく。

庄司は瞬きを忘れていた。

摩擦のセンスが非凡なだけではなく、ヴィジュアルもすごい。豊満な双乳をユッサ、ユッサと揺さぶりながらあえぐ華穂の姿は、暴力的なほどいやらしかった。眉根を寄せ、眼の下を赤く染めて、閉じることもできなくなった口から、絶え間なく荒ぶる吐息と淫らな声を撒き散らしている。

どれだけ清楚な美女だろうが、大人の女であれば性欲があって当然だ。しかし、それを目の当たりにすると、やはり衝撃を受けざるを得ない。すでに結合しているにもかかわらず、いても立ってもいられなくなってくる。体位を変え、みずから腰を振りたてて、勃起しきった男根で突いて突いて突きまくりたくなってくる。

だが、焦る必要はなかった。

焦って射精に至ったところで、待っているのは地獄なのだ。庄司も華穂も、セックスをしている最中だけ、過去の痛恨や未来への絶望感から逃れられる。

ならば、焦る必要などあるわけがない。

むしろ、結合にたっぷりと時間をかけた彼女に倣い、自分を焦らすくらいでちょうどいい。

3

「ああっ、いいっ！　いいっ！」

華穂の腰使いは一定のピッチを保ちながら、熱を帯びていく。

ほとんど忘我の境地なのだろう。

庄司にしてもそれは同じで、彼女が繰りだすリズムに乗って、気が遠くなりそうな心地よさに体を揺らし、愉悦の海をたゆたっている。

いつまでもこうしていたかった。

清楚な美女の乱れる姿を下から眺め、汗まみれの双乳を両手で揉みしだけば、この世は天国にも思えてくる。もう他になにもいらないと、掛け値なしに断言することができる。

しかし、気が遠くなりそうな刺激にも慣れてくるのが人間で、いまの刺激に満足しつつも、さらなる刺激を求めてしまうのがセックスだった。

庄司は、汗まみれの双乳を揉んでいた両手を、華穂の太腿に移した。乳房に負けず劣らず量感あふれる太腿を、揉みしだくためではなかった。自分の腰を挟んでいる太腿の下に、強引に両手を突っこんで、持ちあげていく。

「あっ、いやっ……」

華穂がバランスを崩しそうになる。それでもかまわず、両膝を立てさせた。上体を起こしている華穂は、やじろべえのようにぐらぐらしつつも、なんとか安定を保った。結合したままだった。彼女がM字開脚になったことで、結合感が段違いに深まった。

「いっ、いやっ……こんな格好っ」

華穂が声を震わせる。

「あっ、あたってるっ……奥にっ……いちばん奥にあたってるうっ……」

亀頭が子宮を押しあげている実感が、庄司にもあった。子宮を押しあげられるとどれだけ気持ちいいのか、男の庄司にはわからない。だが、あきらかに反応が変わった。表情が切迫し、腰の動かし方に余裕がなくなった。男の上で大股開きを披露しているにもかかわらず、羞じらうことさえできない。

さすがの華穂でも、バランスの悪いその格好で、先ほどまでのように腰を振りたてることはできなかった。庄司は彼女のくびれた腰をつかんで、腰振りの補助をしてやった。深々と貫いたまま、前後に揺らした。

「ああああっ……はぁああああーっ！」

リズムが生まれると、華穂は再び、我を忘れた。紅潮した美貌をひきつらせ、あえぎ声をワンオクターブ高くして、乱れに乱れた。

女が乱れれば、男も燃える。

女体を下から突き刺している男根が野太くみなぎっていくのを感じながら、庄司は華穂の腰を動かした。ぐいぐいと引きつけては、ブリッジするように自分の腰をもちあげる。結合感は深まっていくばかりで、華穂はまさに田楽刺しの状態だった。眼福を超えた眼福が、庄司をさらなる興奮へといざなっていく。

「あううっ！」

華穂がにわかに声をひきつらせた。

「そっ、それはダメッ……それはダメえええええーっ！」

庄司が右手の親指で、クリトリスをいじりはじめたからだった。お互いの体の間に埋まりかけていたが、強引に指をねじこんだ。やさしく愛撫してやることはできなかったが、華穂は強い刺激を求めていた。正気を失うくらい、めちゃくちゃにしてほしいと願っていた。限界まで腰を反らせつつ、クリトリスをいじりまわしてやれば、半狂乱で泣き叫びはじめた。

「ああっ、ダメええっ……そんなのダメッ……そんなにしたらイッちゃうっ……もうイクッ……イクイクイクッ……はっ、はぁあああああーっ！」

ビクンッ、ビクンッ、と腰を跳ねあげ、華穂はオルガスムスに達した。自分の体を支えていられなくなり、後ろに倒れそうになったので、庄司はあわてて上体を起こし、抱きしめた。

「あああっ……あああっ……」

華穂も身をよじらせながら、しがみついてくる。体の震えが伝わってくる。肌の火照《ほて》りも尋常ではない。にわかに締まりを増した蜜壺が、すさまじい力で男根を食い締めている。

「むうう……」

庄司は唸りながら、華穂をあお向けに倒した。あえぐように息をはずませている口に、キスをした。いまにも意識を失いそうな、虚《うつ》ろな眼つきがセクシーだった。舌を激しく吸いたててやると、瞳がねっとり潤んできた。五体の痙攣はまだ続いていた。少し休んで余韻を嚙みしめさせてやりたい気もしたが、庄司は動きだすことを我慢できなかった。

つんのめる欲望のままに、腰を振りたてた。鋼鉄のように硬くなった男根で、ひくひく震えている蜜壺を思いきり突きあげた。

「はっ、はぁあうううううーっ!」

清楚な美貌に似合わない、獣じみた悲鳴をあげて、華穂がのけぞる。腕の中でしたたかに背中を反らせているのを感じながら、庄司は怒濤《どとう》の連打を送りこんでいく。ぬんちゃっ、ぬんちゃっ、と粘りつくような音がたつ。一度オルガスムスに達したことで、元より締まりのいい蜜壺がますます吸着力を増し、男根に吸いついてきている。

「あああっ！　はあああっ！　はぁうううーっ！」

華穂が乱れる。口づけもできないほどあえぎにあえぎ、汗まみれの素肌をこすりつけてくる。騎乗位から対面座位、そして正常位に変わったことで、中であたるところが変わった。新鮮な刺激に、女体が反応する。イッたばかりなのに、腰がくねりだす。抱擁する手に力がこめられ、背中に爪を立ててくる。

強い力で掻き毟られた。ミミズ腫れになりそうだったが、望むところだった。庄司は興奮しきっていた。そういうときの痛みは、快楽のスパイスになる。痛みが快楽を倍増させ、男根をますます膨張させる。太さばかりか、長くなっているような気さえする。突きあげると、亀頭が子宮に届く。ずんずんっ、ずんずんっ、と叩いてやる。

「あううっ！　いいいいーっ！　すごいいいいーっ！」

華穂が下から本気で腰を使ってくる。直線的に送りこまれる男根の連打を、腰をグラインドさせて迎え撃つ。肉の摩擦が切迫していく。言葉にならない一体感が訪れ、庄司と華穂はお互いいまにも泣きだしそうな顔で見つめあった。

もちろん、そうしつつも腰の動きはとまらない。

むしろ、より速く、より熱っぽくなっていく。

ふたりとも、いつしか呼吸することさえ忘れている。

見つめあいながら、ただ溺れる。肉の悦びに首まで浸かり、さらに深くまで沈んでいこうとしている。

亀頭が子宮にあたっているのだから、そこがいちばん奥のはずだった。なのに、まだ奥へ行けそうな気がする。濡れた蜜壺が引きずりこんでくる。奥の奥の、さらに奥まで男根を導こうとしている。

「ダッ、ダメッ……もうダメッ……」

華穂が切羽つまった声をあげた。

「またイクッ……またイッちゃうっ……はあああっ……イクッ！　イクイクイクイクウウウーッ！」

清楚な美貌を真っ赤に染め、首に何本も筋を浮かべて、華穂がオルガスムスに駆けあがっていく。抱擁が強まる。お互いにお互いの体にしがみついている。そうしていないと、快楽の暴風に吹き飛ばされてしまいそうだ。

庄司も射精に達しそうだった。抜き差ししている男根の芯が熱くなり、全身が小刻みに震えだしている。ビクンッ、ビクンッ、と腕の中で華穂の体は跳ねている。二度目の絶頂に達したのだ。我慢する必要はなかった。息を呑み、フィニッシュの連打を放った。

「でっ、出るっ！　もう出るっ……」

華穂が必死に眼を開ける。言葉は出ないがしきりにうなずき、なにかを伝えてこようとする。

中で出して、ということだろう。どうせ明日なきふたりだった。先のことなど考える必要はない。

「おおおっ……おおおおううううーっ！」

雄叫びをあげて、最後の一打を打ちこんだ。勃起しきった男根の芯に灼熱が走り抜け、男の精の放出が始まった。ドクンドクンドクンッ、とすさまじい勢いで放出され、みるみる華穂の中を満たしていく。その刺激に、華穂が乱れる。快楽の暴風に再びさらされ、ふたりはきつく抱きしめあう。

会心の射精だった。

このまま死んでもいいと思いながら、庄司は長々と射精を続けた。むしろ、このまま死にたかった。できることなら現実に戻らず、この快楽の極みの中で息絶えたい——切実にそう思いながら、華穂の中で男の精を漏らしつづけた。

4

部屋に充満した匂いがすごかった。

腰を振りあっているときはまったく感じないが、射精を果たしてしばらく経ち、五感が元に戻ってくると、途端に鼻につくようになる。

もう一週間近く、この部屋にこもっていた。

正確には六日間、庄司は会社にも行かず、華穂とセックスを続けていた。ふたりとも、ろくに食事をしていなかった。渇いた喉をビールやミネラルウォーターで潤し、冷蔵庫にあるものをベッドに運んできては少しずつつまむことはあっても、きちんと服を着て食卓についたことは一度もない。

「ねえ、オマンコ……オマンコして……」

華穂が淫らに蕩けた顔を、腕にこすりつけてくる。

「もっとオマンコしてよ……オマンコじんじん疼いてたまらないの……」

似合わない卑語を口にしているのは、彼女が壊れてしまったからだ。否、壊れたふりをしているのである。荒淫の果てに正気を失い、獣じみた匂いのする体液にまみれて死んでいくことを、彼女は夢想している。

壊れたふりをしている原因は、一本の電話だった。

いちおう病欠の連絡は入れているものの、庄司が何日も会社を休んでいることに、クロガネはなにかを察したのだろう。その前に、高尾山行きを途中で中止し、八王子のラブホテルにこもっていた前科もある。そろそろ決着をつけないと不測の事態が訪れるかもしれないと、賢明にも判断したらしい。

ゆうべのことだ。

華穂のスマートフォンに電話が入った。

「今週末、決行することにした。庄司を始末する。土曜の夜に引き取りにいくから、それまでしっかり見張っててくれ。会社を休んでいるらしいが、体調は悪くてもかまわない。いや、悪いくらいでちょうどいいかもしれん……」

庄司は、スピーカーフォン機能でそれを聞いていた。華穂とふたりで、裸でベッドに転がりながら。

クロガネが電話を切っても、口をきけなかった。

ついに来るべき時が来たのだ。

けれども庄司は、意外にもさっぱりした気分だった。何日も部屋にこもり、華穂を抱きつづけた。日に三度も四度も射精した倦怠感が、全身を鉛のように重くしていた。楽になりたかった。土曜日と言わず、いますぐあの世に連れていってほしいとすら思った。

一方の華穂は、激しく取り乱した。そわそわと落ち着かなくなり、庄司に抱きついてきた。萎《な》えていたペニスにフェラチオし、セックスを求めてきた。それで落ち着いてくれるのならば、と庄司は抱いた。残された命の日数がわかったことで、腰使いに力がこもった。この世に未練はなかった。華穂には感謝しか覚えなかった。ひときわ淫らによがり泣く彼女の中に、思いきり射精した。呼吸を整える以外になにもできない時間が、茫洋《ぼうよう》と過ぎていった。

「……一緒に死にましょうか」

天井を見上げながら、華穂はポツリとつぶやいた。

「あなたがどうしても逃げてくれないなら……それしかないです……」

「……心中か」

庄司も天井を見上げながら、深い溜息をついた。お互いに生きる気力を失っているなら、それもいいかもしれなかった。庄司と華穂が心中すれば、保険金はどうなるのだろう？　家族でもなんでもないクロガネが受けとれる、ということはないはずだ。そういうことができるのなら、手間のかかる偽装結婚など最初からするはずがない。となると、心中すればクロガネは困る。庄司は紀里恵をレイプした恩を返せなくなる。だが一方、華穂の立場になってみれば、レイプされた恨みを晴らせるのだ。いくら彼女の亡夫が闇金から金を借りていたからといって、五人がかりでレイプされ、犯罪の片棒を担がされる謂《い》われはない。

「ねえ……」

華穂が指に指をからめてくる。

「わたしと心中するの、嫌ですか？」

庄司は手を握り、

「……いいよ」

嚙みしめるように言った。

「一緒に死のう……実は……あんたを抱いてるとき、よくそんなことを思ってたのさ。このまま死ねれば幸せだろうと……」

愛でもなく、恋でもなく、欲望の発露でさえない、傷の舐めあいのようなセックスだった。それでも、何度も抱いていれば情が移る。情が通った女であればこそ、一緒に死にたいと思ってしまう。

「……嬉しい」

華穂は眼を細めて言い、抱きついてきた。長い口づけを交わした。また、セックスが始まった。どこからそんな精力がこみあげてくるのか、自分でもわけがわからなかった。

しかし……。

それから丸一日が過ぎると、さすがに精根尽き果てた。

「ねえ、オマンコして……オマンコしよう……」

華穂にねだられても、ペニスは萎えたまま微動だにしなくなった。明日の夕方になれば、クロガネがやってくる。その前に心中する。ならばもう少し頑張って、最後の最後まで華穂とまぐわっていたい気もしたが、イチモツが言うことをきかなくてはどうしようもない。

「少し、休もう……」

華穂の乱れた髪を撫でた。

「酒でも飲んでぐっすり眠って、起きたらもう一度すればいい……」

華穂はいやいやと首を振った。その顔はやつれ、眼の下に黒い隈ができている。それでも、求めずにはいられないのだろう。四つん這いになって尻を向け、挑発するように振ってきた。

「オマンコ……ねえ、オマンコ……」

庄司は遠い眼で、彼女の豊満な尻を眺めた。彼女はもともと卑語を口にするような女ではなかった。それどころか、人も羨むセレブ妻として贅沢の限りを尽くして生きてきた。

しかし、いまの彼女は見栄もプライドも捨てて、肉欲だけに救いを求めている。社会性を失った解放感とともに、獣の浅ましさが漂ってくる。

「ねえ、オマンコ……オマンコ……」

「……いやらしいな」

つい吐き捨てるように言ってしまった。これから一緒に心中しようという女に対する口調とは思えないくらい、冷たい言い方をしてしまった。

華穂がビクンとして振り返った。その眼には怯えが浮かんでいた。と同時に、不思議なくらい輝いていた。

庄司の中で、なにかが反応した。彼女の眼つきに、ピンとくるものがあった。即座にすべてを理解したわけではない。それでもなにかが、体を突き動かす。身を乗りだして、突きだされた華穂の尻を撫でる。

「ったく、いやらしい。スケベにもほどがある。なにがオマンコだ……言ってて恥ずかしくないのかよ」

「ううう……」

華穂は唇を嚙みしめ、恨めしげに睨んできた。しかし、その眼にはやはり、不思議な輝きがある。淫らで妖しげな……。

「お仕置きしてほしいんだな？」

どうしてそんなことを口走ってしまったのか、庄司は自分でもわからなかった。わからないままに、右の手のひらにハーッと息を吹きかけていた。

「ドスケベな性根を叩き直すために、お仕置きしてほしいだろ？」

華穂は答えない。ただ気まずげに眼を泳がせるばかりだったが、否定も肯定もしないということは、お仕置きされたいのだ。

「いやらしいなっ！」

庄司は声をあげ、スパーンと華穂の尻を叩いた。

「ひいいっ！」

華穂が悲鳴をあげる。だが、尻は引っこめない。四つん這いのまま、衝撃をこらえるように小刻みに震えている。

庄司は膝立ちになり、本格的にスパンキングを開始した。

「いやらしいなっ！」

スパーンッ、と右手を振りおろす。

「ひいいっ！」

「綺麗な顔して、本当はドスケベのド淫乱なんだろっ！」

スパーンッ、と今度は左手だ。

「ひいいいーっ！」

「だいたい……五人がかりでレイプされたのに、白眼を剝いてイキまくったってなんだよっ！」

スパーンッ、スパパーンッ、と左右の尻丘を打ちのめす。

「ひいいっ！　ひいいいいーっ！」

「単なる色情狂じゃないかっ！　そんなことで、亡くなったご主人に申し訳が立つと思うのかっ！」

「ひいいいーっ！　いっ、言わないでっ……」

振り返り、涙に潤んだ眼を向けてくる。だがその表情には、はっきりと陶酔《とうすい》が浮かんでいた。彼女はマゾなのだ。生来の性癖なのか、夫に対する罪悪感が自分に罰を与えたがっているのかは、わからない。しかし確実に、言葉責めとスパンキングに興奮している。

「謝れっ！　亡くなったご主人に謝れっ！」

「言わないでっ！　主人のことはもう言わないでっ！」

「謝れと言ってるんだ……」

庄司は、ピンク色に腫れあがった尻の双丘をつかみ、ぐいっと割りひろげた。アーモンドピンクの花びらは、一週間近くやりっぱなしの荒淫でだらしなく口をひろげ、薄桃色の渦から蜜がしたたっている。やはり、間違いなく興奮してる。

「濡れてるじゃないか」

中指と人差し指を、女の割れ目に挿入した。

「あうううううーっ！」

「尻を叩かれて濡らすなんて、ドスケベなだけじゃなくて、ドMなのか？」

二本指をしたたかに抜き差しすると、

「あううーっ！　あうううううーっ！」

華穂は四つん這いの身をよじって悶え泣いた。セックスしつづけの蜜壺は、摩耗するどころかますます敏感になっているようで、みるみるうちに奥から新鮮な蜜があふれてきた。庄司は右手の二本指でそれを掻きだしながら、左手でクリトリスをいじってやった。そうしつつ、アヌスに舌を這わせてやれば、女の急所、三点同時責めの完成だった。

「ああっ、いやあああっ……いやあああーっ！」

「なにがいやだ。オマンコ刺激してほしいんだろ？　ぐちょぐちょに掻きまわしてほしいんだろ？」

「ああっ、ダメえええっ……そんなにしたらっ……」

「亡くなったご主人に謝るんだっ！」

庄司は怒声をあげた。

「ごめんなさいっ！」

華穂も叫ぶ。

「いやらしい妻でっ……ドスケベな妻でっ……ごめんなさいっ！」

「おまけに尻の穴を舐められて悦ぶド淫乱だろ？」

ペロペロとすぼまりを舐めてやる。

「あああーっ！」

「尻を叩かれて悦ぶドMだろ？」

「ああっ、ダメッ……イッ、イッちゃうっ……」

「なに勝手にイコうとしてるんだっ！」

庄司は蜜壺から指を抜き、スパーンと尻丘を叩いた。

「ひぃいいいーっ！」

スパーンッ、スパパーンッ、と立てつづけに平手を飛ばすと、四つん這いの体をガクガク、ぶるぶると震わせて、せつなげにむせび泣いた。

亡夫に対する罪悪感のためではなく、オルガスムスを寸前で逃したからだ。亡夫の存在までも刺激にして、この女は快楽に溺れようとしていた。

最低だった。

救いようのない、獣の牝だった。

しかし、そうであればこそ、愛《いと》おしく思わずにはいられない。一緒に死んでもかまわないという、情を抱かずにはいられない。

萎えていたはずのペニスが、いつの間にか女を貫ける形になっていた。痛いくらいに硬くなり、先端から涎じみた我慢汁を噴きこぼしている。

ドMのごとき反応で、乱れる華穂はいやらしすぎた。頭にではなく、本能を直撃するエロスを有していた。抱きたかった。庄司は彼女をあお向けに倒し、両脚をM字に割りひろげた。

「オマンコしてほしいんだろ?」

勃起しきった男根をつかみ、切っ先で割れ目をなぞってやる。

「くぅうっ……してっ! してくださいっ!」

「亡くなったご主人を思いだしながら犯されるんだ」

「もっ、もう許してっ……」

涙声で訴えられても、庄司は非情に首を振る。

「名前はなんていうんだ?」

「えっ?」

「亡くなったご主人だよ」

「……たっ、達彦《たつひこ》さんっ……」

「達彦さん、オマンコしてって言え」

華穂はひきつりきった顔を左右に振った。

「言うんだよ」

庄司は右手の親指でクリトリスをはじいた。

「くぅううーっ！」

「言うんだ」

ピーン、ピーンとはじいては、ねちっこくいじりまわしてやる。

「ううう……たっ、達彦さんっ……オッ、オマンコッ……オマンコしてっ……華穂のオマンコッ……オマンコ、めちゃくちゃにしてえええっ……」

「よーし」

庄司はクリトリスをいじるのをやめ、華穂の両膝をつかんだ。しっかりとM字開脚に押さえこみつつ、腰を前に送りだした。硬くみなぎった男根で、熱く爛《ただ》れた蜜壺をずぶずぶと貫いていった。

「あああーっ！　はぁあああーっ！」

華穂が乱れる。首を振り、腰を反らせ、ハアハアと息をはずませる。ずんっ、と最奥まで突きあげると白い喉を突きだした。弓なりに反り返った体を激しいまでに震わせて、いまにも白眼すら剝きそうだった。そのまま抜き差しを開始すれば、ひいひいと喉を絞ってよがり声をあげはじめた。

彼女が最低なら、自分はもっと最低だ——庄司は腰を振りたてながら思った。M字開脚の華穂を見下ろしながら、舞香を思いだした。華穂は亡夫に限度を超えた散財をさせたが、彼を裏切っていない。愛だけは本物だった。一方の庄司は、したたかに裏切った。他の男に妻を抱かせ、あまつさえ興奮までした。舞香が和田に犯されているところを想像して、何度も何度も自慰を……。

「あああっ、すごいっ！」

華穂が切羽つまった顔で見つめてくる。

「どうしてっ？　どうしてこんなにいいの？　わたし、イキそうっ……すぐイッちゃいそうっ……」

「いやらしいなっ！」

庄司は鬼の形相になり、華穂の細首を両手でつかんだ。ぐいぐいと絞めあげながら、怒濤の連打を送りこんだ。

「おまえのようないやらしい女は死ねばいいっ！　いますぐダンナところへ行けっ！　死んでダンナに土下座して詫びろっ！」

「ぐぐっ……ぐぐぐっ……」

呼吸ができなくなった華穂の美貌は、みるみる真っ赤に染まっていった。眼を剝いて、口から大量の涎を垂らした。

首を絞めながらするセックスはたまらなく気持ちいいという話を聞いたことがある。半信半疑だったが、それを信じる気になった。華穂の細首を絞めあげるほどに、蜜壺が絞まって尋常ではない密着感が訪れた。吸引力がすさまじく、指から力が抜けなくなる。加減しているつもりでも、次第にできなくなっていく。

「ぐぐっ……」

華穂が眼を見開いて見つめてくる。

「こ、このまま……殺して」

掠れた声で言った瞬間、

「イッ、イクッ……イッちゃううううーっ！」

ビクンッ、ビクンッ、と体を跳ねさえて、オルガスムスに駆けあがっていった。その衝撃に、庄司も射精をこらえきれなくなる。

「出すぞっ！　出すぞっ！　おおおうううーっ！」

華穂の首を絞めたまま、煮えたぎる男の精を噴射した。痙攣が、伝染した。ドクンッ、ドクンッ、と欲望のエキスが尿道を駆けくだっていくたびに、痺れるような快感が五体を打ちのめし、体の震えがとまらなくなった。

不意に華穂の悲鳴が途切れ、体が弛緩した。

庄司はまだ、彼女の首を絞めていた。

殺した、と思った。

そういう実感がたしかにあった。

それが彼女の望みなのだから、罪悪感はなかった。絶頂に達しながら事切れることができるなんて、むしろ羨ましいと思った。あの世で会ったときに、感想を聞こうと思った。自分もすぐに、後を追う。クロガネの手を煩わせる必要はない。華穂に淋しい思いをさせたくない……。

5

寝室の掃除をした。

庄司がゴミを集め、華穂が掃除機をかける。

彼女は生きていた。

失神しただけだったので、しばらくしたら眼を覚ましたのだ。ひどく残念そうな顔をしていた。残念がる必要はないと庄司は言った。

「一緒に死んだほうが、心中らしくていいじゃないか……」

身を寄せあって眠りにつき、眼を覚ますと陽が高いところにあった。ついに土曜日がやってきたのだ。夜になれば、クロガネがやってきて、庄司を死地へといざなっていく。

その前に、決着をつけたかった。

ふたりで話しあって方法を考えた。無残な現場にしたくなかったので、練炭自殺にすることにした。ホームセンターに行って必要なものを買いそろえ、ドラッグストアを何軒かまわって大量の睡眠薬を手に入れた。家に戻ると、風呂に入って身を清め、寝室の掃除を始めたのだった。

掃除がすむと、ガムテープで窓の縁に目張りをした。日は傾きかけていた。クロガネから、一時間後にここに来るという電話が入った。ふたりで睡眠薬を分けあって飲んだ。練炭に火をつけ、ベッドに横になった。

静かな気持ちだった。

「最後に、キスしてもらってもいいですか？」

華穂が震える声でささやいた。

庄司はうなずいた。

視線が合った。

しかし、顔を近づけていこうとすると、華穂は哀しげにふっと笑い、

「やっぱり、やめときます」

祈るような表情で眼を閉じた。

「庄司さん、前にわたしを抱かなかった理由を言ってたでしょう？　この世に未練が残りそうだって……」

「……ああ」

「変なこと考える人なんだなあ、って思った。どうせ死んじゃうんだから楽しめばいいって、男の人はそういうふうに考えるものだと思ったから……」

庄司は黙っていた。

「でも、いまならその気持ち、ちょっとわかります。わたし、この世に未練が残りそう……ううん、もう残ってるのかもしれないけど……」

言葉が切れ、しばらくすると、華穂は寝息をたてはじめた。揺すっても眼を覚まさないことを確認してから、庄司は体を起こした。ベッドを降り、ドア枠に施した目張りを剝がした。

庄司は眠らなかった。

睡眠薬を飲んでいなかったのだ。飲むふりをしただけだ。華穂を担いで寝室を出た。クロガネが来る時間が迫っていた。急がなければならない。ハイブリッドカーの後部座席に寝かせ、近くのコインパーキングまで運んだ。小ぎれいな家に似合わないボログルマだといつも思っていたが、庄司を殺すシナリオは、このクルマに乗って崖から転落というものだったかもしれない。いまになって、そんなことを思った。

クルマに華穂を置いていき、庄司だけ家に戻る際に、交差点で停まっていたトラックの荷台に、スマートフォンを放りこんだ。庄司の分と華穂の分だ。

玄関扉を開けると、異臭がした。練炭の匂いだ。これなら家に入った途端、クロガネは異変に気づくだろう。あわてて二階へ駆けあがり、寝室の扉を開くに違いない。

庄司は寝室の前にある納戸に身を隠した。手にはガラス製のごつい灰皿が握られていた。庄司も華穂も煙草を吸わないが、来客用のものだろう。リビングのサイドボードの上に飾られたそれを見るたび、庄司の胸は小さく疼いた。

和田が舞香を犯しているのを見せつけてきたホテル、そのテーブルの上に置かれていた灰皿とそっくりだったからだ。それをつかんで、和田を殴り殺してやろうと思った。しかし、できなかった。今度こそ失敗は許されない。殺す必要はないが、殺す気でかからないと、反撃されるかもしれない。相手は百戦錬磨のアウトローだ。まともにやりあって敵《かな》うはずがない。

問題は……。

クロガネが仲間を引き連れてきた場合だ。ひとりなら後ろから頭をかち割ってやるチャンスもあるだろうが、複数人が相手ではどうにもならない。その場合はやりすごすしかない。クロガネはスマホのGPSを追跡しはじめるだろうから、時間は稼げる。その間に、ハイブリッドカーでひたすら遠くに逃げるだけだ。

生きたい、という欲望が芽生えたわけではなかった。

むしろ、自分ひとりなら死んでしまってもかまわない。

しかし、華穂だけは生かしたかった。

かつて庄司は、美しい彼女を抱けばこの世に未練が残りそうだと恐れていた。そういう意味ではないけれど、華穂には死んでほしくなかった。どう考えても、彼女が死ぬほどの罪を犯したとは思えない。贅沢が過ぎたことで、それが夫を追いつめてしまったと後悔するのはしかたがない。だが、それだけのことだ。自分のようにパートナーを裏切ったわけではないのだ。

悪いのはクロガネだった。レイプによって、華穂は救いのないところに追いこまれた。彼女の自己嫌悪の核心は、レイプで感じてしまったことなのだ。自分を呪って死にたいと思っているわけだが、もちろん死ぬべきなのはレイプをしたほうである。

だから華穂をなんとか救ってやりたかった。

それが庄司の現世における最後の望みだった。

呼び鈴が鳴った。

庄司は大きく息を呑んだ。

再び呼び鈴が鳴る。だんだん、鳴らし方が乱暴になっていく。玄関扉を開ける音が聞こえた。「おいっ！」と叫び声をあげている。階段を駆けあがってくる足音が聞こえる。庄司の心臓は、胸を突き破りそうな勢いで早鐘を打っている。

足音がすぐ近くまで接近した。ひとりのようだ。クロガネかどうかはわからない。

寝室の扉を開く音が聞こえた。

庄司は息を呑んでいる。そこには誰もいないから、もうすぐ出てくる。ガラス製の灰皿をつかんだ手が汗でヌルヌルしている。ズボンで拭って、もう一度しっかりとつかみ直す。

寝室から出てくる足音がした。階段に向かって遠ざかっていく。庄司は納戸から飛びだした。それが誰かも確認せずに、男の後頭部に灰皿を打ちおろした。うまくやれた。男は糸が切れた操り人形のように、がっくりと床に崩れ落ちた。

「いったい、なんのつもりなんだ?」

クロガネはまるで動じていなかった。頭から血を流し、体をガムテープでぐるぐる巻きにされているのに、たいした肝の据わり方だった。

庄司はありったけの練炭に火をつけた。まだ扉は開いてあるし、換気扇もつけているのに、息をするのが怖かった。

いや、それ以上にクロガネの眼つきが怖い。修羅場をくぐり抜けてきた人間の迫力を、目の当たりにしている気分だった。

練炭に火をつけ終えると、庄司は換気扇をとめて寝室から出た。蛇に見込まれた蛙にならないよう、扉越しに話をすることにした。

「華穂を犯したときの動画を返せ」

返事はなかった。

「あんたなら、電話一本で運んでくる人間のひとりやふたりいるだろう？　返す気になったら声をかけてくれよ。俺は本気だから……」

わざと大きな音をたててガムテープを剝がし、ドアの枠に目張りをしていった。一酸化炭素中毒がどれぐらいで意識を失うものなのか、よくわからかった。はっきり言って、本当に死なれたら困る。その点をクロガネに見透かされていたら脅しの効果が薄まるから、本気で殺すふりをしなくてはならない。

「返してくれる気はないのかい？　俺は命が惜しくてこんなことをしてるんじゃないぜ。生きてることはうんざりしてる。さっさと死んで楽になりたい。ビデオを返してくれ、華穂を自由にしてくれるなら、あんたの予定通り殺されたってかまわないんだ……」

クロガネは黙っている。

「だが、あんたらが華穂にしたことはあまりにもひどい。ビデオを返してくれないなら、俺はあんたを殺すしかない。あんたを殺して、俺も死ぬ。男同士の心中なんてウザくてキモいが、一緒に地獄に行ってもらうしかないんだよ……」

まだ黙っている。

「なんとか言ったらどうなんだっ！」

庄司は怒声をあげ、ドアを思いきり蹴りあげた。反応がない。いくらなんでも、すでに気を失っているわけがない。

目張りを剝がし、寝室に飛びこんだ。

クロガネが睨んでくる。芋虫のような格好で床に転がされているくせに、その眼光に曇りはない。

「やめときな、ニイさん。アタシたちゃ暴力のプロだ。トウシロウのニイさんがいくら気張ってみたところで、どうにもならねえよ」

「ビデオを返してくれるつもりはないのか？」

「ないね」

即答だった。

「たとえ殺されたって、返すわけにゃあいかないなあ……」

庄司は歯嚙みした。クロガネが強がっているようには見えなかったからだ。絶体絶命のピンチでも、素人の脅しには屈しない——それが暴力のプロということなのだろうか。

「なあ、ニイさん。よーく考えてみるんだ。俺は約束を守っただろう？　この世にたったひとつ残した未練を、きっちりなくさせてやっただろう？　華穂に情が芽生えちまったのはしようがねえ。ありゃあいい女だ。偽装結婚とはいえ、ひとつ屋根の下に暮らしてりゃあ、好きにもなっちまうのもしかたがねえだろうよ。だが、ニイさんの話は、ニイさんの話だ。華穂の話は、華穂の話なんだ。ごっちゃにしちゃいけねえ。ニイさんは俺と取引をして、俺は約束を守った。今度はニイさんが約束を守る番だ。そうじゃねえかい？」

庄司は言葉につまった。話の筋は、クロガネのほうが通っている気がした。庄司にできることは、犯罪者がなにを言ってんだ、とキレることくらいだったが、できなかった。

人の気配がしたからだ。

ドヤドヤと階段をあがってきた人の群れは、あっという間に二階の寝室に雪崩《なだれ》こんできた。
五、六人はいた。みな屈強な体つきの男たちだった。ひとりが女を肩に担いでいた。華穂だった。
「なにしやがんだ、テメエ」

男のひとりが庄司につかみかかってきたが、

「手荒な真似をするんじゃねえっ！」

クロガネに一喝された。

「これからホトケになってもらう人だ。体に傷なんてつけやがったら、承知しねえぞ」

他の男たちが、クロガネの体に巻かれたガムテープを剝がしにかかる。目張りが剝がされ、窓が開け放たれる。新鮮な空気が寝室に流れこんでくる。

「な、なんで……」

庄司は膝から崩れ落ちそうになった。

「家の前にクルマが停まっていなかった……」

クロガネは言った。

「GPSでクルマのほうを追跡すると、近所のコインパーキングに停めてある。スマホのGPSは、揃って千葉に向かって移動中だ。おかしいと思って、まずはクルマを確認に行かせたんだ……」

庄司は眩暈《めまい》を覚えた。いささか甘く見すぎていた。スマホだけではなく、クルマにもGPS探知機が仕込まれていたのだ。

「華穂は睡眠薬を飲んでるんだな？」

庄司は唇を嚙みしめながらうなずいた。

「スマホはまあ、そのへんのトラックの荷台にでも放りこんだんだろう。なにがあったのかだいたい想像がつくよ……とにかく、やることやっちまおう。この部屋片付けたら、すぐ出発だ。急がねえと、今日中に帰れねえぞ。華穂は水飲まして、睡眠薬吐きださせろ」

庄司はがっくりと床に膝をついた。そのまわりで、男たちがせわしなく動きはじめる。自分を殺すための段取りを、忠実にこなすために……。

すべてが終わったことを理解した。もう庄司が為すべきことはなにもなかった。

エピローグ

正門に続く長い道のりを、刑務官に付き添われて庄司は歩いている。

傍らには高さ五・五メートルの灰色の分厚い壁が威圧感たっぷりにそびえ立ち、空が見えない。空など見える必要はないのだろう。その高い壁は、法を犯した者たちをシャバから隔離するためのものだからだ。

庄司はこの刑務所で、三年の月日を過ごした。

本当なら、三年前に死んでいるはずだった。

たっぷりと保険金をかけられて、オンボロ・ハイブリッドカーで崖からダイブ……。そうならなかったのは、偽装結婚をしていた家から連れだされる寸前に、警察が踏みこんできたからだ。遠くからみるみる迫ってくるサイレンの音が、いまでも耳底にこびりついて離れない。夜闇を照らすレッドライトに、庄司はとりあえず救われた。

庄司が何度も気配を察していた尾行……。

あれは、クロガネの仲間による仕業ではなかったのだ。社会の底辺を這いずりまわる人間を犠牲者にして大金をせしめているクロガネたちは、警察からとっくに眼をつけられていた。その調査の一環として、庄司にも尾行がついていたのだ。庄司は眼にしていないが、大規模な保険金詐欺グループの摘発事件として、メディアは連日大騒ぎだったらしい。クロガネたちは、偽装結婚させたホームレスを、少なくとも十三名は殺害したという。もちろん、男だけで偽装結婚は成り立たないから、言いなりになる女を確保するために、レイプ事件もそれ以上に起こしているに違いない。

警察によって保護され、殺害されることは免れたとはいえ、庄司は単なる被害者ではなかった。

紀里恵をレイプした罪で、実刑三年──。

冷静に考えると、ずいぶんと情状酌量されたことになる。仕事を餌に妻を慰み者にされた顚末を、洗いざらいしゃべったからだった。刑を軽くするためというより、しゃべらずにいられなかった。すべての元凶は、和田だった。あのゲス野郎のおかげで、関わった人間が全員不幸になったことを、どうしても知ってほしかったのである。

結果、庄司の刑は軽くなったが、舞香を慰み者にした和田は罪に問われなかった。納得がいかなかったが、どうしようもなかった。

それにしても……。

これからどうやって生きていけばいいのか、皆目見当がつかなかった。

被害者であるはずの庄司が、レイプ事件にも関わっていた件は報道されているようなので、実家にも戻れない。仕事をしようにも、雇ってくれるのは最低最悪の待遇を誇るブラック企業くらいのものだろう。ただ食うためだけにそんなところで働いて、ボロ雑巾のように使い捨てにされるなんて、考えただけで気が滅入《めい》る。

いっそのこと……。

また隅田川の畔で、餓死寸前で倒れていようか。そうすれば、クロガネのような男が現れて、悪魔の取引をもちかけてくるかもしれない。

偽装結婚……。

悪くなかった。そんなつもりはなかったのに、結局は華穂のことを抱いて抱いて抱きまくった。最後の一週間、文字通り寝食も忘れて肉欲に溺れていたときのことを、庄司は一生忘れないだろう。目前に迫った死が本能を奮い立たせたのか、抱いても抱いても欲望がこみあげてきた。ついに精根尽き果てたと思ってからも、鋼鉄のように勃起した。

最高だった。

華穂のような美しい女と、あんな時間が過ごせただけで、男に生まれてきた意味があった。そして、もう二度とあんな時間は訪れないと思うと、生きる気力は潰《つい》え、溜息しかでてこない。

『わたし、この世に未練が残りそう……ううん、もう残ってるのかもしれないけど……』

華穂と交わした、最後の言葉だ。

彼女はいまごろ、どこでどうしているだろう。クロガネたちが逮捕されたことで、レイプされたビデオが世間に流出することはなくなったはずだ。それならば、すべてを忘れて新しい人生を歩んでいてもおかしくない。あるいは、どうあっても贖罪の意識から逃れられず、自分で自分をこの世から消してしまったか……。

生きていてほしい、と思った。

そしてできることなら、元気な姿をひと目みたい。抱擁したいとか、キスがしたいとか、そういうことではない。どこかから眺めるだけで、会話もなくてかまわないから、彼女がたしかに生きている姿を……。

不意に目の前がひらけて、青空が見えた。

刑務所の正門に、ようやく辿りついたのだ。

長かった……。

刑務所で暮らす一日は、シャバでのそれの何十倍も長く感じられた。一分が一日にも思える日々が三年——気が遠くなるくらいの悠久の年月である。

ギギギと耳障りな金属音を立てて、巨大な鉄の門が開かれる。

「二度と戻ってくるんじゃないよ」

ご老体の守衛に声をかけられ、庄司は軽く会釈して外に出た。

三年ぶりのシャバだった。

深呼吸をしてみたが、空気は刑務所の中と同じだった。門を出る前と出た後と、劇的な変化はなにもない。素直に感激できないのは、厳しい刑務所暮らしで人間らしい感性が摩耗してしまったからだろうか。

ふと気づいた。

女が立ってこちらを見ていた。

華穂だった。

「おかえりなさい」

眼が合うと微笑んだ。

庄司はリアクションがとれなかった。夢ではないかと、何度も瞬きした。夢でないなら、まぼろしだ。現実感がまるでわいてこない。

棒立ちになっている庄司に、華穂が近づいてくる。腕を取って歩きだす。

「待てよ……」

ようやく、言葉が口から出た。

「ど、どこに行くつもりなんだ？」

「家よ。小さいアパートですけどね。あなたとわたしの家」

「馬鹿言え……」

庄司の声は裏返った。どういうつもりか知らないが、こちらは社会復帰の目処《めど》も立っていない前科者なのだ。女と暮らせるわけがない。暮らしを支えていける自信がない。

だが華穂は、庄司の呻吟《しんぎん》を気にもとめずに歩きつづけた。すぐ近くにクルマが停まっていた。華穂が開けたのは、運転席でも助手席でもない、後部座席のドアだった。チャイルドシートに、二歳くらいの女の子が座っていた。

「ママァ……」

華穂はシートベルトをはずし、女の子を抱きあげた。あやしながら、遠い眼で庄司を見た。女の子がキャッキャとはしゃぐ。刑務所前の殺風景な光景に、その声はあまりにもそぐわない。

「ま、まさか……」

庄司は驚愕に眼を剝き、華穂と女の子の顔を交互に見た。心中しようとしている人間が、避妊などするはずがなかった。生で挿入し、中で出していた。一日に何度も何度も……。

「その子はまさか……俺の……あのときの……」

言葉と同時に、嗚咽がこみあげてきた。

うなずいた華穂の頰にも、大粒の涙が伝った。

（了）

※本作品はフィクションです。
作品内の人名、地名、団体名等は
実在のものとは関係ありません。

長編小説

いつわりの人妻《ひとづま》

草凪《くさなぎ》 優《ゆう》

2016年9月28日　初版第一刷発行

ブックデザイン……………………… 橋元浩明(sowhat.Inc.)

発行人………………………………………………後藤明信

発行所……………………………………株式会社竹書房

〒102-0072　東京都千代田区飯田橋２－７－３

電話　03-3264-1576（代表）

03-3234-6301（編集）

http://www.takeshobo.co.jp

振替：00170-2-179210

印刷・製本…………………………凸版印刷株式会社

ISBN978-4-8019-0857-4　C0193